BvT

Eine Frau läßt die Wohnung, in der ihre Liebe verlorenging, von Grünpflanzen überwuchern. Eine andere beschließt, bis zum Ende des Lebens in einem Hotelzimmer auf ihren Liebhaber zu warten. Ein Mann steigt aus dem Zug und folgt einem in der Ferne winkenden Frauenarm. – Unerfüllte Liebe läßt sie flüchten vor der Realität, die nur noch in stillen Bildern zu ihnen durchdringt: Eine Hand liegt neben dem Teller, Rotwein tropft auf ein weißes Tischtuch. – Undine Gruenter ist die große Meisterin der kleinen Form.

*Undine Gruenter* wurde 1952 in Köln geboren. Sie veröffentlichte zahlreiche Romane und Erzählbände. Sie starb 2002 in Paris, wo sie seit Ende der achtziger Jahre lebte. Bei BvT sind *Ein Bild der Unruhe* (2004), *Nachtblind* (2005), *Sommergäste in Trouville* (2005), *Vertreibung aus dem Labyrinth* (2005), *Der verschlossene Garten* (2006) und *Pariser Libertinagen* (2007) erschienen.

Undine Gruenter

# *Das gläserne Café*

Erzählungen

Berliner Taschenbuch Verlag

FSC
Mix
Produktgruppe aus vorbildlich
bewirtschafteten Wäldern und
anderen kontrollierten Herkünften

Zert.-Nr. GFA-COC-1223
www.fsc.org


Dezember 2008
BvT Berliner Taschenbuch Verlags GmbH, Berlin

Umschlaggestaltung: Rothfos & Gabler, Hamburg,
unter Verwendung des Bildes *Morning on the Seine, near Giverny*
von Claude Monet © Christie's Images/Corbis
Gesetzt aus der Joanna durch psb, Berlin
Druck und Bindung: CPI – Clausen & Bosse, Leck
Printed in Germany
ISBN 978-3-8333-0560-3

www.berlinverlage.de

# Inhalt

# I

# Place Dauphine

Sie steht hinter dem Fenster und blickt auf den Platz. Der Regen hat aufgehört. Das Laub der Bäume ist schwer und glänzend. *Nässe*, sie spricht dieses Wort in den Raum. Sie sagt es vor sich hin.
Seit fünf Tagen wartet sie hier, in diesem Zimmer, an diesem Platz. Sie ist hierher gereist, aus dem Norden, in diese fremde Stadt. Sie hat nichts gesehen von der Stadt, sie hat den Bereich des Platzes niemals verlassen. Der Platz ist klein, zu klein für Autoverkehr. Er hat die Form eines Dreiecks. Die Mauern des Platzes sind undurchlässig nach außen, es ist der verschlossenste Platz, den sie kennt. Die Mauern, an den Seitenlinien des Dreiecks, sind hoch, zu hoch für den kleinen Platz, sie sind aus rotem Backstein, die Häuser sind schmal, mit hochgezogenen schwarzen Dächern, Dächern wie toten Kaminen. In der Mitte des Platzes stehen Bäume, dicht wie ein Wald, bis an den Rand des Bürgersteigs gepflanzt, der den Platz umgibt. Der Platz ist von Bäumen ausgefüllt. Immer Schatten, der Himmel ist kaum zu sehen. Die Bäume füllen den Himmel.
Sie hat unter den Bäumen gesessen, sie hat den Kin-

dern beim Spielen zugesehen, den Spielen im Sand, mit Murmeln, mit Kugeln, mit Steinen, mit gezeichneten Linien, Quadraten zum Springen. Das waren die Vormittage. Am Ende des Platzes, der Spitze des Dreiecks gegenüber, kann man, durch das Laub fast verdeckt, die Rückseite des Justizpalastes erkennen, die Freitreppe, den weißen Stein. Sie versteht nicht die Zugehörigkeit dieses pompösen, dieses öffentlichen Gebäudes zu dem Platz, es ist ein Bruch der Verschwiegenheit des Platzes. Doch es ist nur die Rückseite des Justizpalastes, abgekehrt, und niemals erscheinen auf der Freitreppe Menschen.

Sie läßt den Vorhang zurückfallen, sie kehrt dem Fenster den Rücken zu, sie durchquert das Zimmer und setzt sich aufs Bett. Sie zieht ein Blatt Papier aus der Tasche, sie entfaltet es, sie liest.

Komm, komm sofort. Hotel Henri IV, Place Dauphine. Ich muß dich sehen, sofort. Ich warte. Keine Unterschrift. Sie kennt nur einen, der sie an diesem Platz erwartet.

Im Zimmer wird es dunkel, vor dem Fenster setzt der Regen ein. Sie lauscht, durch das Rauschen des Regens, auf die Geräusche im Flur des Hotels. Aus der Küche dringt das Klappern von Gläsern und Teegeschirr.

Sie weiß nicht, ob man sie beobachtet, auf dem Platz, hier im Hotel, ob man sie mit Verwunderung betrachtet, ihr Hin- und Hergehen, im Zimmer, vom Zimmer zum Platz, vom Platz ins Zimmer zurück. Sie weiß nicht, ob man sich über sie den Kopf zerbricht, über dieses Verhalten. Es ist gleichgültig. Seit fünf Tagen wartet sie.

Sie blickt auf die Uhr, Zeit, zu Hause anzurufen. Sie ruft ihren Mann an, ihr Kind, die zu Hause zurückgeblieben sind, und fragt nach ihnen.

Sie öffnet die Tür ihres Zimmers. Am Ende des Gangs, in einer offenen Kabine aus dunklem Holz, das Telephon. Sie geht den Gang hinunter, einen langen halbdunklen Gang, sie kommt an der Küche vorbei, die Tür steht offen, niemand zu sehen. Die Lampe in der Kabine geht nicht an, sie nimmt den Hörer ab, wählt im Dunkeln, sie kennt die Nummer auswendig.

Die Stadt im Norden, die sie schon fast vergessen hat. Als sie abfuhr, war es Sommer, die Hitze lastete in den Straßen, die Rosen kräuselten sich an den Rändern, sie welkten, an den Mauern der Stadthäuser emporgewachsen, sobald sie aufgeblüht waren. Sie hatten sie zum Zug gebracht, ihr Mann, ihr Kind, sie hatten gewunken, sie hatten gerufen – komm bald zurück, eine Woche höchstens, hörst du, amüsier dich ein wenig, ruh dich aus, auf bald. Sie hatte ihnen gesagt, sie müsse allein sein, ein paar Tage, eine kurze Zeit, einmal allem den Rücken kehren. Sie hatten verstanden, sie hatten zugestimmt. Sie hatten ihr einen Ort vorgeschlagen, einen Ort am Meer, einen Ort der Erholung. Aber sie hatte das ausgeschlagen, sie hatte gewünscht, ins Ausland zu fahren, in jene Stadt, in der sie studiert, in der

sie gelebt hatte. Sie trug das Telegramm mit sich, sie war sofort abgereist.
Sie spricht, den Kopf zur Wand, in die Muschel, sie spricht im Dunkeln gegen die Wand. Sie spricht leise, die Kabine hat keine Tür, nur diese Trennwände aus Holz, ein Hotelflur aus Vorkriegszeiten. Sie möchte nicht, daß man sie hört, unter den anderen Gästen, beim Hotelpersonal.
Sie lauscht in die Muschel.
– Mein Liebling, mein Kleines, sag mir, wie es dir geht … immer noch diese Hitze, bei euch … im Garten, mit dem Wasserschlauch … aha, dein Freund, und Papa … eine Eidechse … hast du gefangen … auf dem Stein … am Morgen … als alle noch schliefen, im Haus … nein, hier ist es nicht heiß … es ist schön, ein bißchen regnerisch, seit gestern … stell dir vor, fast hätte ich mir einen Schnupfen gefangen … ja, bald, in ein paar Tagen vielleicht … sicher, ich komme, ich … nun gib mir Papa … ein paar Tage noch …
Sie starrt die Wand an, sie wartet, sie schließt die Augen.
– Ja, ich bin's … wie es mir geht … gut, danke … ja, es ist schön hier, sehr schön … nein, nicht, ich habe sie noch nicht getroffen … ich habe noch niemanden hier gesehen, bis jetzt, keinen Menschen … ich gehe viel herum … du kennst das, man sucht die alten Orte auf, Orte … nein, keine Freunde … niemand ist mir begegnet … man geht so herum, in der Stadt, in den

Parks, den Museen … merkwürdig, wieso merkwürdig … nichts, gar nichts, es ist alles in Ordnung … ein bißchen regnerisch, ja, ein bißchen kühl, seit gestern … heute abend? … oh, vielleicht ins Kino, vielleicht ins Café, ich weiß noch nicht, und ihr? … ja, es ist gut, auf bald … auf bald.

Sie legt den Hörer auf die Gabel, ihre Hand bleibt auf dem Hörer liegen. Sie bleibt dort stehen, zusammengezogen wartend.

Als lausche sie einer Stimme nach, einer Erinnerung. Dem Echo eines Rufs, einer Stimme, einer Erinnerung.

Schritte nähern sich von unten, steigen die eng sich windenden Stufen hoch, Stufen aus ausgetretenem Holz, die engen Stufen der alten Treppenhäuser dieser Stadt, kommen näher. Schritte, schnell und leicht, Schritte eines Paars, Schritte wie, zu einer anderen Zeit, ihre eigenen.

Sie verharrt, und horcht, und wartet.

Sie hat Angst, jemandem zu begegnen. Das Hotel liegt im ersten Stock eines Wohnhauses, es ist ein Hotel garni, mit wenigen Zimmern. Tagsüber steht die Eingangstür immer auf, ein ständiges Kommen und Gehen im Treppenhaus, einem engen Schacht mit engwinkligen Holzstufen, mit schmutziger Malerei, mit alten geblümten Tapeten.

Sie hört das Geräusch der Tritte, es gleitet diese alten Tapeten entlang, gleitet höher, an ihr vorbei, entfernt sich, verstummt.

Sie geht den dunklen Gang entlang, zurück in ihr Zimmer, verschließt die Tür. Sie hört das Geräusch des Schlüssels in der Tür, ein winziges Geräusch, ein leises Schnappen in der Stille des Gangs.
Sie setzt sich auf den Rand des Bettes, das Telegramm auf den Knien. Sie sitzt am Rand des Bettes, sie rührt sich nicht. Unbeweglich, zwischen den Wänden des Zimmers. Als wäre es längst Gewohnheit, unbeweglich zu bleiben, nichts zu tun, nichts zu unternehmen, sich nicht zu rühren.
Sie erhebt sich wieder, geht zur Tür, schließt sie auf. Vielleicht ist jetzt die Stunde, da sie auf die Straße tritt, die Stunde, auf den Platz zu gehen, zwischen den Mauern zu gehen, im Kreis, mit gleichmäßigem Schritt. Die Mauern entlanggehen, um ein bißchen Atem zu schöpfen, sich zu bewegen, ohne die Absicht, irgendwohin zu gehen, an einen Ort, der außerhalb dieses Platzes liegt.
Aber sie geht nicht aus. Sie öffnet die Tür, sie blickt den Gang hinunter. Der Gang liegt im Halbdunkel, leer, in unerbittlicher Ruhe. Der Boden, die Wände, die braune Farbe des Bodens, der Wände, des abgeschabten Läufers, alles liegt unbeweglich vor ihrem Blick, streckt sich aus, fremd, ohne die Spur der Tritte, die über diesen Gang gelaufen sind. Als wäre nie jemand hier gegangen.
Sie schließt die Tür, sie kehrt ans Fenster zurück. Der Regen muß gerade aufgehört haben. Kein Mensch auf

dem Platz, vor den toten Fassaden der Häuser. Schwarzes Licht, graue Schatten. Der Wind hat die Blätter der Bäume nach oben gewendet, man sieht ihre Unterseite, weiß, glänzend, ein farbloses Meer. Eine steife Masse, die Blätter im Wind stehen starr in die Höhe.
Gewöhnlich sitzt sie um diese Zeit, im späten Nachmittagslicht, in der letzten Wärme der Mauern, wieder auf einer Bank unter den Bäumen. Im Schatten des Laubs spielen ein paar alte Männer Boule, in der Stille des Platzes hört man das Klicken zusammenstoßender Kugeln, den dumpfen Fall in den Sand, der dem Wurf folgt, ab und zu, wie aus weiter Ferne.
Dann wird es auf dem Platz lebendig. Die Türen der beiden Restaurants öffnen sich, Kellner erscheinen mit wehenden Schürzen, flatternden Servietten. Ein paar Tische, Stühle werden auf den Bürgersteig gestellt, die Markise herabgelassen, die Menükarte wird ins Fenster gehängt, die Tische werden gedeckt. Rascheln von Papier, vom Wind in den Bäumen, Klappern von Gläsern, Tellern, Besteck. In der Tiefe der Räume, unsichtbar, das Geräusch aufgezogener Flaschenpfropfen, Rufe der Kellner.
Von überall scheinbar quellen sie jetzt hervor, alte Frauen ausgekrochen aus der feuchten Luft der Hausflure, der Parterrewohnungen, sie streichen an den Mauern entlang, am Rand des Gehsteigs, im verschwitzten Geruch ihrer Hauskleidung, ihrer Kittel, ihrer Hausschuhe. Sie führen ihre Hunde spazieren,

geben einer Nachbarin eine Zeitung, einen Schlüssel. Sie rufen, mit krächzenden Lauten, den Kellnern etwas zu. Die jungen Kellner, die im offenen Eingang stehen, beobachtend, wartend, unnahbar, bewirken, daß die Schwerfälligkeit ihres Körpers, ihrer geschwollenen Beine, ihrer Bewegungen unterbrochen wird. Sie rauchen im Gehen.

Dann wird sie den Platz überqueren, sich an einen der Tische setzen. Sie wird, aus dem Innern des Restaurants, den feuchten Geruch des Weins aufspüren, der die Wände überzogen hat. Sie wird trinken. Sie wird die erste sein auf dem Platz, die dort sitzt. Sie wird dort trinken, während noch niemand anwesend ist, sie wird allein sein, mit dem wartenden Platz. Sie wird dort sitzen, und trinken, und warten.

Um diese Stunde muß es gewesen sein, während sie dort saß, daß sie von jenem rasenden Herzklopfen überfallen wurde, das die Hände unfähig macht, etwas zu halten, zu greifen, die Dinge gleiten heraus, fallen zu Boden, scheppern, zerschellen. Eine Gestalt ist aufgetaucht, am anderen Ende des Platzes, sie hat den Platz von einem der drei schmalen Durchgänge, die ihn mit der Stadt draußen verbinden, betreten, von der Ecke zwischen Justizpalast und seitlicher Häuserwand.

Hat sie gedacht, er ist es, er muß es sein? Sie ist mit der Hand zum Gesicht gefahren, sie hat gedacht, er wird mich nicht erkennen. Er wird vorbeigehen, er wird den Eingang des Hotels suchen, er wird das Schild sehen.

Er wird den Hausflur betreten, er wird lächeln, denn es ist derselbe Hausflur, nichts hat sich geändert, mit den schwarzweißen Fliesen, der schmutzigen Tapete, den verrosteten, halb von der Wand heruntergerissenen Briefkästen, der Tafel mit den Zimmerpreisen, dem Vermerk *prix modérés*.

In diesem Moment wird er sich erinnern. *Prix modérés*, dieses Schild hatte sie angezogen, überrascht von der Entdeckung des Vagen, des Unerwarteten, das sich hinter diesem Schild verbarg. *Prix modérés*, das war verrückt, in diesem Viertel der Reichen. Es ist sehr früh am Morgen gewesen, ein Morgen von Sommer, von sich ankündigender Hitze, von weißem Stein im gleißenden Licht, von Leere in den Straßen. Der Platz liegt noch im Schatten, in der Stille, in der Feuchtigkeit der Bäume. Sie sind hier vorbeigekommen, zufällig, nachdem sie durch die Stadt gewandert sind, ohne Absicht, irgendwohin zu gelangen, nachdem sie sich begegnet sind, am Tag zuvor. Nachdem die Nacht, unbemerkt, vorübergegangen ist. Es war der Morgen, die frühe Luft, es war das Schild. Sie sind in den Hausflur gestolpert, sie sind, an den Mülltonnen vorbei, die enge Treppe hinaufgestiegen. Sie haben, am frühen Morgen, ein Zimmer genommen, ein Zimmer zum Platz, sie sind dort, während des ganzen Tags, während der Hitze, geblieben.

Er wird sich erinnern, hat sie gedacht. Er wird die Treppe hochsteigen, er wird nach ihr fragen. Man wird ihm sagen, daß sie auf dem Platz ist, daß sie den Platz niemals verlassen hat, seit sie angekommen ist. Er wird das Hotel verlassen, er wird sie finden, hier auf dem Platz.

Sie schiebt den Vorhang zur Seite. Noch immer, schon jetzt, verdüstert der Regen, der hereinbrechende Abend, den Platz. Er hat sie nicht gefunden, er konnte sie nicht finden. Als er den Platz überquert, als er ihr sein Gesicht zuwendet, sieht sie, sie hat sich geirrt.

Der Regen setzt plötzlich stärker ein, das gleichmäßige Rauschen im Laub. Sie hebt, hinter dem Fenster, das Gesicht, das Ohr, dem Regen entgegen. Als ob sie in der geräuschvollen Monotonie des Regens das fände, auf das sie so unablässig wartet.

– Madame, es ist Zeit, das Zimmer vorzubereiten, für die Nacht. – Nein, sagt sie, später, es ist nicht notwendig, ich mache es selbst.

Verschlossene Ohren, verstopft. Augenblicklich vergißt sie, was man ihr sagt. Längst hat sie vergessen, was der Mann, das Kind zu ihr gesprochen haben, vor einer Stunde.

Sie sieht das Zimmer, das hinter ihr liegt. Die Enge des Zimmers, zwischen den Wänden Tisch, Stuhl, und Bett. Ein Schrank. Sie erinnert sich, sie hat dagesessen, sie hat sie betrachtet, diese Möbel, sie hat sie abgetastet, mit den Augen, mit den Fingern, jede Kante, das glatte Holz. Dieses Zimmer, der Ort des Wartens. Sie lächelt, sie vermutet, es ist schwer zu verstehen, ihr Herum-

gehen, tagelang, ohne sich zu langweilen, ihr Hin- und Hergehen, das Stehen am Fenster. Sie kann das, sie hat begonnen, den Ort nicht mehr zu unterscheiden von sich. Als ob sie, je länger sie bleibt, sich dem Ort eindrücke. Als sei sie längst eingesunken, in die Wände, die Dinge im Raum.
Sie sieht den Platz, der vor ihr liegt. Sie ist hierher gereist, aber sie gehört nicht in die Stadt. Sie ist nicht dort, in der Stadt, sondern hier, auf diesem Platz, in diesem Bereich, für niemanden zugänglich. Eingeschlossen im Raum dieses Platzes. In dem nichts anderes stattfinden kann als das Warten, unaufhörlich, versammelt. Sie hat sich entschieden, auf diese Weise zu warten. Bis nichts mehr übrig sein wird, wenn er nicht kommt, wenn er kommt. Sie wird warten, sie wird nichts anderes mehr tun.

# Nacht unter Bäumen

Ich weiß nicht, wie ich hier unter die Bäume geraten bin. Es ist Nacht. Von Ferne, vom Fluß her, hört man die Schiffe. Ich weiß nicht, was geschehen ist. Ich sehe, jenseits der Straße, das Haus. Die dunklen Zimmer, die hellerleuchtete Küche. Ich erinnere mich an die Reste in den Schüsseln, auf dem Tisch. Man sieht, über die Straße hinweg, die Markise. Den Balkon, auf dem wir, wegen des Lärms, wegen der Auspuffgase, niemals gesessen haben. Man sieht, hinter den erleuchteten Fenstern, Küchenschränke, Teller im Wandregal, eine Uhr. Die Straße liegt leer. Der Verkehr hat seit langem aufgehört. Kein Laut hier, unter den Bäumen.
Nur das Licht stört. In der dunklen Front des Hauses die leuchtende Wunde dieses Fensters.
Wir sind dort gewesen, am Abend. Ich sehe uns hinter dem Fenster, Lion und mich, es kann nur wenig Zeit seither vergangen sein. Wir gehen herum, wir sitzen am Tisch, wir essen.
In den Nächten gehen wir, gegen Mitternacht, wenn sich die Luft endlich abgekühlt hat, noch ein wenig durch die Straßen spazieren. Einmal, zweimal um den Block. Es wird spät in solchen Nächten, bevor wir

schlafen können. Wir sitzen am Fenster, wir lesen, manchmal spielen wir eine Partie Schach.
Wir haben die anderen Zimmer heute abend nicht betreten. Wir sitzen in der Küche. Wir haben das Essen noch nicht beendet. Lion ißt langsam. Als könne er die Müdigkeit nicht aufhalten, als fiele es ihm schwer, die Gabel zu halten, zu kauen, zu schlucken.
Aber er ißt, er nimmt ein zweites Mal. Fast den ganzen Nachmittag habe ich mit der Vorbereitung dieses Essens zugebracht. Ich habe die Jalousie herabgelassen, ich habe, in der abgedunkelten Küche, Tomaten geputzt, Auberginen, Zucchini, Zwiebeln, Paprikaschoten. Ich habe am Tisch gesessen, das Gemüse auf der Platte ausgebreitet, ich habe mich in der Hitze, im Schatten der Jalousie, der Monotonie der Küchenarbeit überlassen. Zerkleinern, aushöhlen, in ein Sieb schütten, waschen. Ich habe gearbeitet, ich habe auf den Abend gewartet. Ich weiß, Lion ißt es gern, dieses Gemüse, während der Hitze. Dazu Lamm, eine kalte Gemüsesuppe. Die Dämmerung hat schon begonnen. Der Tisch ist gedeckt, die Jalousie hochgezogen. Im Zwielicht erkenne ich kaum Lions Gesicht, seine Hände. Er schweigt, mit Essen beschäftigt. Der Löffel rührt in der Suppe, wie in trübem Schlamm.
Eine Hitze, wie in keinem Sommer zuvor. Die Beine schwellen mir an seit einiger Zeit, das ist neu. Ich schleppe mich durch die Zimmer, vielleicht beginnt die Verwüstung des Alters im Sommer. Der Gedanke ver-

schwindet, kommt wieder. Ich vergesse. Ich habe Zeit. Gegen Mittag lege ich mich ein wenig hin. Ich träume, bei herabgelassener Jalousie. Bildergeschichten, die der Traum anspült. In der Hitze des Mittags, im Schlaf, im gestauten Blut in den Venen. Der schwarze Ripsbezug, das kleine Sofa im Salon der Großmutter. Die hohen Stuhlbeine, um den runden Tisch. Der Blick von unten. Das Kind kauert im dämmrigen Licht, verborgen hinter der lang herabhängenden Tischdecke. *Und es fiel ein großer Stern vom Himmel, der brannte wie eine Fackel und fiel auf den dritten Teil der Wasserströme und über die Wasserbrunnen. Und der Name des Sterns heißt Wermut.*

Ich habe Zeit. Wenn Lion kommt, sind die Zimmer längst aufgeräumt. Das Essen ist vorbereitet. Er öffnet die Tür. Er betritt die Wohnung. Ein Kuß, auf die Wange. Er geht in sein Zimmer, er schlägt die Zeitung auf. Das Zimmer liegt an der Rückseite des Hauses, nach Norden. Gegen Abend ist es dort kühl.

Dieses Jahr ist die Hitze kaum zu ertragen. Aus dem Fenster sehe ich den Dunststreifen über dem glühenden Asphalt der Straße. Ich habe mir angewöhnt, seit dem ersten Sommer in dieser Wohnung, die Jalousie herabzulassen, die Fenster, gegen Abend, zu öffnen. Im Durchzug durch die frisch gestrichenen, noch halbleeren Zimmer zu gehen.

Allein mit den Zimmern. Allein mit den Dingen. Im Schatten. Ich ging, ich wechselte von der schattigen Nordseite in die glühende Südseite. Ich sah den Wechsel des Lichts auf den frisch geweißten Wänden. Die Schattenspiele auf dem Boden. Manchmal schlug eine Tür zu. Eine Vase flog um, im Windzug. Ich legte den *Basin Street Blues* auf. Ich habe ihn oft gespielt an den Nachmittagen in jenem Jahr. Eine Schallplatte mit Ella Fitzgerald, von Lion.

Der erste Sommer, unsere erste Wohnung. Nach der Hochzeit sind wir gleich von zu Hause weggezogen. Nur fort, hatten wir gesagt. Den Gerüchten entkommen, den Blicken der anderen. Dem Tonfall, in dem sie sagten, du mußt wissen, was du tust. Sie sagten es, als feststand, daß ich Lion heiraten würde. Denn Laura war verschwunden, und alle dachten, daß Lion mit der Sache zu tun habe.

Wie dunkel es jetzt ist, hier, unter den Bäumen. Es muß spät sein. Drüben, in der Kapelle, schlägt die kleine scheppernde Glocke. Hinter den Büschen, auf dem Spielplatz der Kinder, bewegen sich die Schaukeln im Wind.

Jetzt denke ich, wir haben nie viel miteinander gesprochen, Lion und ich. Ein schweigsames Paar. Aber ich glaube nicht, daß er unglücklich war. Der Alltag ist nicht schwierig gewesen. Wir hatten das Schachspiel und die Spaziergänge. Ich hatte die Arbeit im Haushalt. Und schließlich hatte er seine Zeitungen. Über Laura sprachen wir nie.

Niemand mehr unterwegs. Die Kühle der Nacht hat den letzten Rest von Teergeruch über der Straße vertrieben. Ich bin weit, versteckt, tief unter den Bäumen. Und doch ist es, als stünde ich nah, dicht vor der strahlenden Scheibe. Und sähe, was sich dahinter abspielt.

Nachts, wenn er im Bett lag, wenn das Licht gelöscht war, drehte er sich immer sofort zur Wand. Das ging seit Wochen so. Ich habe mir nichts dabei gedacht, er war müde und überarbeitet, das sah jeder ihm an. Vielleicht, dachte ich dann, liegt es an den neuen Tropfen für seinen Magen. Damals hatten die Blutungen eingesetzt, kurz nachdem Laura verschwunden war. Oder, beinahe zur gleichen Zeit. Ich sehe sein eigenes Gesicht. Blutleer und geradezu heiter. Als der Notwagen sich dem Hospital näherte, machte er eher den Eindruck eines Angetrunkenen als den eines Verblutenden. Er machte Witze. Er sagte, er habe keine Schmerzen mehr. Er fühle sich immer leichter werden. Dieses Gefühl muß es gewesen sein, daß ihn in Rausch versetzte.

Irgendwann merkte ich, daß er im Dunkeln vor sich hin starrte. Daß er nicht schlief. Doch auch dann hat es noch einige Zeit gedauert, ehe ich etwas unternahm. Man lebt an der Seite eines Menschen, für den es keine Umkehr mehr gibt, und niemand ahnt etwas. Man spielt Schach, man geht spazieren. Man spricht über gewöhnliche Dinge. Über den kaputten Staubsauger, die Nachrichten, das Fußballspiel Everton gegen Inter Mailand. Niemand entdeckt den Riß.

Ich fand die Briefe. Eigentlich waren es Karten, billige

Postkarten, wie man sie an jedem Postamt bekommt, mit vorgedruckten Linien für Adresse und Absender. Es waren vier. Sie steckten zwischen zwei alten Nummern des *Panorama*. Es standen Sätze darauf, die ich nicht verstand. In der Ecke waren sie gezeichnet mit einem großen L. *Remember, remember the 3rd of November*, und, auf einer anderen, *Und der Name des Sterns heißt Wermut*.
Ich erinnere mich, ich stand in seinem Zimmer, als ich die Karten in der Hand hielt. Plötzlich erfaßte mich ein Schwindel. Der Mund ausgetrocknet, Herzrasen, Schweißtropfen um die Nase. Schwindel, der vor mir ein Loch aufriß. Später fand ich mich zusammengekauert im Sessel.
Dann kam die Wut. Sie kam rechtzeitig vor Lions Rückkehr. Wut auf jene Person, die sich einen solchen Scherz mit uns erlaubte. Denn es konnte doch nicht sein, daß Laura –
Aber der Riß. Jene geheime Wunde, die so lange im gleichmäßigen Rhythmus unseres Alltags verborgen gewesen war. Ich hatte gedacht, die Gewohnheiten würden uns helfen zu überleben. Das Schachspiel, die Spaziergänge, die Zeitung. Ich hatte gedacht, Gewohnheiten sind wie sorgsam gehütete Gehege. Man begibt sich hinein, und man ist geschützt. Doch nun war ein Loch eingerissen. Ein Loch, das sich Tag für Tag weiter fraß.
Ich glaube nicht, daß Lion etwas unternommen hat. Er starrte ins Dunkel, in die Nacht. Keine Veränderung.

Vielleicht eine gewisse Zerstreutheit. Eine Abwesenheit und Gedankenleere, wenn er die Zeitung glattstrich, ohne zu lesen. Vielleicht diese neuen Tropfen, die der Arzt ihm verschrieb. Aber sein Magen war niemals in Ordnung.

Ich weiß nicht, warum ich in diesen Park, warum ich in diese Nacht hinausgelaufen bin. Es ist schwer, sich zu erinnern. Dort oben liegt jemand, in Krämpfen. Unter diesen Bäumen muß, noch vor wenigen Tagen, noch vor wenigen Stunden, jemand anderes gestanden haben. Zu unserem Haus geblickt haben, stundenlang, ohne sich zu rühren.

Was für eine wichtige Rolle, von je her, die Briefe für uns gespielt haben. Heute, wo niemand mehr Briefe schreibt. Von vornherein war es ein unsicheres Spiel. Unsicher, weil nicht klar war, wer von uns wußte, daß diese Partie, die für zwei war, von drei Personen gespielt wurde. *Vielleicht hat die Leidenschaft immer etwas Phantastisches an sich. Etwas, das plötzlich an allem zweifeln läßt, was mich umgibt. Ich bemerke ein Schwanken, eine Unsicherheit dem vertrauten Gang der Dinge gegenüber. Ich sitze an meinem Schreibtisch in der Kanzlei. Und doch ist es so, als hätte das alles nichts mit mir zu tun. Vielleicht liegt es an der Heimlichkeit. Dieses Treffen draußen, im alten Sumpfgebiet. Diese Heimlichkeit schafft etwas Unwirkliches. Wir müssen Schluß machen damit. Wir müssen es ihnen sagen.*

Ich fand diese Sätze bei Laura, das war der Anfang. Laura, die Cousine, die Kleine. Sie war zu Besuch gekommen. Gerade neunzehn. Aber ich, ich kannte Lion schon immer. Jeden Samstag gingen wir aus. Im Winter ins Kino und in die Bars. Und im Sommer auf den See.

Regelmäßig müssen sie eingenommen werden, die Magentropfen, über Monate hinweg. Erst dann zeigen sie langsam Wirkung. Ich habe darauf geachtet, während dieser letzten Wochen, daß Lion sie pünktlich einnahm. Er nahm die Tropfen, und ich fiel immer öfter in Schlaf, am hellen Tag. Schnurgerade Straßen mit weißen Mauern zu beiden Seiten. Bleierner Traum. Ich lief. Leere Plätze, Statuen im Mittag. Ein Löwe, auf hohem Sockel gelagert, bedeckt von weißem Staub. Am Horizont eine Zypressenallee. Ich lief im gleißenden Licht. Die Straße knickt plötzlich ab, stürzt in den Abgrund.

Damals war alles ganz leicht gewesen. Ich war gerade bei ihm, am Tag, als Lion eingeliefert wurde. Sie schickte ihm einen Brief. Sie schlug ihm ein letztes Treffen vor, am Rand der alten Sümpfe. Der Ort, an dem sie sich immer getroffen haben, niemand würde ihnen jemals dort begegnen. Ich war an der Tür, als der Brief gebracht wurde. Ich zerriß ihn in kleine Stücke. Dann hieß es, Laura sei verschwunden. Auch bei ihren Eltern war sie nicht aufgetaucht. Sie brachten Lion ins Hospital und pumpten ihm sechs Liter frisches Blut in den Körper. Ich sehe sein Gesicht in dem Saal unter der kahlen Lampe. Er hatte viel Blut verloren, fast war er verblutet. Langsam erholte er sich, wir hatten andere Sorgen. Lauras Besuch verschwand. Verschluckt, vergessen. Nicht einmal in der Erinnerung tauchte er auf.

Ungefähr drei Wochen nach der Entdeckung der Postkarten sah ich die Gestalt unter den Bäumen zum ersten Mal. Ich war mir nicht sicher. Aber es war dasselbe Kleid. Weiß, weit, vom Wind zerrupft wie ein großer Strauß. Die Person blickte zu den Fenstern unserer Wohnung hinauf. Das war eindeutig. Keine Täuschung. Am nächsten Tag, an den folgenden Tagen, war sie wieder da. Jeden Nachmittag, um die Zeit, wenn Lion nach Hause kam, stand sie unter den Bäumen. Einmal dachte ich, wenn sie wüßte, wie lächerlich das ist. Dieses stumme Warten unter den Bäumen, das ist wie ein Opernauftritt. Dazu dieses weiße, leuchtende Kleid. Aber zum Lachen war mir nicht zumute. Plötzlich war die Entfernung zusammengeschrumpft. Sie stand gegenüber, sie war ganz nahe gerückt. Was half jetzt das Netz unserer Gewohnheiten? Es half nicht einmal, diesen Schatten abzufangen.

Ich beobachtete Lion, wenn er abends nach Hause kam. Einmal mußte er sie doch entdecken. Wie sie da auf der Stelle stand und herüberblickte. Doch es war wie früher, und ich wußte nichts. Wenn es kühler geworden war, trat er ans Fenster. Jetzt, jetzt, dachte ich. Aber er schien nur zerstreut ins Laub zu blicken, das sich langsam von Woche zu Woche dunkler färbte. Er

sagte, komm, laß uns um den Block gehen. Wie an den früheren Abenden auch.
Ich ging die Treppe hinunter, mit den geschwollenen Beinen. Das teerige Licht über dem Asphalt machte die Augen stumpf. Ich kämpfte mich über die Straße, durch den Nachmittagsverkehr. Ich kam verschwitzt unter den Bäumen an.
Verschwunden wie damals, sagte ich mir. Ich kehrte zurück in die kühle Wohnung. Auf dem Küchentisch lag noch das rohe Gemüse, das Messer, auf einer Zeitung der Abfall. Ich legte die Beine hoch und wartete auf Lion. Ob die Gestalt wirklich Ähnlichkeit hatte mit ihr? Vielleicht war alles ein Spuk, geboren aus der Hitze. Schuld, dachte ich, sind nur diese verdammten Karten. Sie sind aufgetaucht wie Giftblasen aus den Sümpfen.
Die Finsternis unter den Bäumen. In der Ferne hört man die Schiffe. Am Ende des Parks liegt der Fluß. Zuerst ist es nur eins gewesen. Dann brüllten sie alle auf, mit diesem heiseren Widerhall in der Nacht.
Plötzlich bricht alles ab. Überall wieder Stille. Die Nacht ist kalt. Ich spüre die Kälte erst jetzt, sie kriecht vom Boden in meine Füße, in meine Fingerspitzen. Die Sätze erfrieren mir im Mund. Die Worte stocken. Alles stockt. Die Geräusche, die Luft.
Vielleicht, dachte ich, war nichts davon wahr. Und Lion hatte die Karten nur vor mir versteckt, um mich nicht zu beunruhigen. Alles sollte beim Alten blei-

ben. Nichts aufgerührt. Ich massierte meine Knöchel und wartete, bis er nach Hause kam. Als sich die Tür öffnete, als er hereinkam, als er den Schlüssel aus der Tür zog, die Aktentasche neben dem Spiegel abstellte, da wußte ich, daß er es mir nicht aus diesem Grund verheimlicht hatte. Sein Schweigen hatte nichts Tröstliches. Aber was wollte ich ihm vorwerfen? Zu solch aussichtslosen Bündnissen gehören immer zwei. Ich hatte gehofft, es könnte gutgehen. Vergessen, Schweigen, unsere lächerlichen Gewohnheiten. Aber nichts war geworden, wie ich es mir vorgestellt hatte.

Zwischen der letzten Gabel Gemüse und der Nachspeise klingelte das Telephon. Der Hausbesitzer, der seinen Besuch ankündigte. Eine Reparatur an der Heizung, bevor der Sommer zu Ende ginge. Als ich in die Küche zurückkehrte, lag Lions Gesicht schon zwischen den Schüsseln. Die Augen geschlossen. Die Faust gegen den Magen gedrückt. Die Knie an den Leib gezogen.

Nach der Entlassung aus dem Hospital hatte ich ihn gefragt. Es beginnt mit Stechen und Brennen, hat er gesagt. Als versenge die Magenhaut in grossen Lappen.

Ich wußte, was zu tun war. Zum Telephon und den Notwagen rufen. Ich blieb stehen. Ich blickte auf den gekrümmten Hals. Auf die Haarbüschel zwischen den Essensresten.

Ich muß aus dem Haus gerannt sein. Mit wirrem Haar, mit nackten Beinen. Ich verließ die Küche und rannte, bis ich unter die Bäume kam.

# Das Fenster

Am Morgen packt er seine Sachen. Er zieht in ein anderes Hotel, in ein billigeres. Es ist eins von den vielen, von denen es in den engen, dunklen Straßen unterhalb des Pantheon wimmelt. Jener Raum, den man von der Straße her betritt, den man kaum als Empfangshalle bezeichnen kann, obwohl eine Art Rezeptionspult, das Brett für die Zimmerschlüssel, das Telephon sich dort befinden, ist überfüllt. Ausländer, Algerier drängen sich in der Mitte, aufrecht stehend, schweigsam, sie scheinen zu warten.

Er vereinbart den Preis für das Zimmer, pro Woche, mit Waschbecken, er bekommt den Schlüssel ausgehändigt. Er schleppt die beiden Koffer eine dunkle Treppe mit ausgetretenen Stufen hoch.

Im fünften Stock ist die Beleuchtung ausgefallen. Er geht im Halbdunkel zu seinem Zimmer. Er tastet nach dem Schlüsselloch, dreht den Schlüssel. Das Schloß schnappt auf, die Tür springt auf, er gerät in ein schwarzes Loch.

Es ist eins von den Zimmern, deren einziges Fenster sich nach hinten, auf einen düsteren Lichtschacht hin öffnet. Niemals wird es dort taghell. Um im Zimmer

sehen zu können, hat man die Wahl zwischen dem Licht einer grellen Lampe an der Decke oder dem einer schwachen Birne an der Wand, über dem Bett.
Immer wieder hat er seine Koffer gepackt. Es gibt Tage, sie scheinen nur aus brüchigen Lederriemen zu bestehen, aus verrosteten, klemmenden Schlössern. Wenn der Deckel endlich aufspringt, in einer neuen Umgebung, in einem fremden Zimmer, immer wieder der gleiche Anblick. Schuhe, in Zeitungspapier eingewickelt, Bücher, in einem alten Hemd Rasierzeug und Zahnbürste. Reste, zusammengewürfelt.
Er hat die Koffer aufs Bett fallen lassen. Es ist niedrig, es ist breit, es füllt fast das ganze Zimmer aus. Es ist das einzige, womit sie hier verschwenderisch umgehen. Ein Bett, immer für zwei, noch im billigsten Loch. Es lebe die Liebe, aber Bügel hängen nur zwei im Schrank.
Hier oben ist es ruhig, fast lautlos, fast zu still für diesen Morgen, diesen alltäglichen Morgen, so nah am Boulevard St-Michel. Kaum ein Laut dringt von außen ins Zimmer, man hört nur das ferne Rangieren des Aufzugs im Schacht, ab und zu, in langen Abständen. Er fängt an auszupacken. Er kennt die Stille dieser Zimmer. Die Stille von Hotelzimmern. Man entkommt der Lautlosigkeit nicht, lernt, sie zu ertragen. Man sitzt auf dem Bett, läßt den Blick gleiten, ohne zu wissen, wohin, man, läßt ihn liegen, auf etwas gerichtet, stundenlang, wie abwesend. Plötzlich, nach langer Zeit, viel-

leicht nach Stunden, nach halben Tagen, springt man auf, läuft zum Fenster.
Hinterhofschächte, Rohre, sie laufen außen an den Mauern entlang, ein weißes Stück Himmel.
Er geht zum Fenster, öffnet es. Er sieht, alles ist noch enger, als er erwartet hat. Der Abstand zur gegenüberliegenden Mauer beträgt knapp anderthalb Meter. Der Raum zwischen den Häusern ist so klein, man braucht nur die Hand auszustrecken –. Die Wand gegenüber sieht aus wie alle aussehen, der Verputz abgeblättert, die Fensterluken verkrustet. Der Schmutz eingefressen, unablösbar.

Er verbringt den Tag wie die meisten, seitdem er zurückgekommen ist, seitdem man ihm bei der Zeitung gekündigt hat. Die Versicherung zahlt eine geringe Summe, man kann damit auskommen. Während der letzten Monate ist es ihm nicht gelungen, eine Wohnung, eine neue Arbeit zu finden. Vormittags ist er unterwegs, er spricht bei einigen Agenturen vor. Vermutlich ist es sinnlos, es liegt auf der Hand, er ist lange fortgewesen, seit Jahren war er fort, in Lybien, in Algier.
Am Mittag sitzt er auf einer Bank, im Square Viviani. Ein heißer Tag, man hockt im Schatten von Saint-Julien-le-Pauvre, im Abgasdunst über dem Quai Montebello. Gegenüber eine weiße Wand, der weiße Stein von Notre-Dame. Leute, die Schatten suchen unter den

Bäumen, auf den Bänken, die in der Mittagspause ein Stück Brot essen. Zwischen den Bissen beugen sie die Köpfe über die Zeitungsannoncen.

Seitdem er jeden Tag in den Straßen umherläuft, wie träumend, wie schlafwandelnd, seinen Erinnerungen nachhängend, denkt er, manchmal, an Sarah. Der Gedanke an sie stellt sich ein, ohne Absicht. Als ob die Erinnerung an sie aus dem Geräusch der anfahrenden Autos hervorginge, aus dem Geschiebe auf dem berstenden Pflaster, aus dem Staub der Straßen. Niemals hat er an sie gedacht, jahrelang. Vergessen die Wochen in Alexandria. Er wartet auf der Parkbank, bis der Mittag vorübergeht, die Hitze, die Trockenheit, der Staub.

Diese Jagd nach dem Geheimnis. Man vermutet immer, am Anfang, daß der andere ein Geheimnis besitzt. Es ist dieser Irrtum, diese Hoffnung, woraus die Liebe entsteht. Kein Luftzug in jenen Wochen, kein Wind erhob sich, immer standen die Fenster weit offen zum Meer. Ein Zimmer zum Meer, ein Bett, ein Eisengestell mit weißen Laken. Die Luft stand zwischen den Wänden, sie stand vor den offenen Fenstern. Kein Windzug vom Meer, das Meer regte sich nicht. Er blieb liegen, auf dem Bett, neben Sarah, neben dem Körper der Unbekannten, er sah durch das offene Fenster. Sie verließen das Zimmer nicht, für Tage, für fast eine Woche, ein Zimmer, angefüllt mit dem Licht, dem unendlichen Licht, das vom Meer kam.

Nachmittags wirft er einen Blick in eine Agentur an der Place de la Republique, später setzt er sich ins Kino, in der Nähe. Als er herauskommt, geht die Sonne schon unter.
Er läuft zu Fuß bis zum Pantheon zurück, ein weiter Weg, er ißt an einer Straßenecke, unterwegs. Er wird sich sofort, bei seiner Rückkehr, ausziehen, schlafen legen. Fast vergißt er, bevor er die Treppe hinaufsteigt, den Mann an der Rezeption zu fragen, ob ein Brief, eine Nachricht für ihn angekommen sei. Es ist viel zu früh, er hätte es sich denken können, sofort, am ersten Tag, kann man ihm keine Briefe aus dem Hotel, in dem er zuletzt gewohnt hat, nachgeschickt haben. Genaugenommen erwartet er nichts, er stellt nur diese Frage.
In der Halle geht es wieder lebhaft zu, ein Streit um die restlichen freien Zimmer. Es sind zu viele, sie können heute nicht alle hier unterkommen. Die Halle gleicht einem Flüchtlingslager, an der Wand Stapel, Berge von Koffern, von Taschen, von Säcken, von verschnürten Kartons, von überquellenden Tüten. Auch die Ecken sind verstopft, zugestellt, überall lungern Gestalten herum, sie machen den Eindruck von Trägheit, sie warten, sie blicken zu Boden.
Im Zimmer oben die Stille. Halbdunkel, Lautlosigkeit. Nichts ist vom Lärm in der Halle, vom Lärm des Verkehrs in den Straßen zu hören. Geräuschlosigkeit, die im Kopf dröhnt, Lautlosigkeit, die sich zwischen den

Wänden erhebt, die das Zimmer ausfüllt, bis unter die Decke.

Ab und zu das ferne Rauschen eines Wasserhahns in der Wand, ein Türenschlagen.

Er zieht die Jacke aus, er geht im Dunkeln zum Fenster, öffnet es. In der Wand des anderen Hauses, gleich gegenüber, befindet sich ein ähnliches Fenster, es hat die gleiche Größe. Auch dort hinter einer Scheibe das dichte Gewebe eines verstaubten Vorhangs.

Dieser versperrte Ausblick. Diese durch die gegenüberliegende Wand verstellte Aussicht. Ein Fenster ohne Sinn.

Zwei Fenster, die, geöffnet, den Einblick in die dahinterliegenden Zimmer gewähren, für zwei Fremde. Der Abstand, Nähe der Intimität. Man braucht nur die Hand auszustrecken, sich aus dem Fenster zu beugen, um die andere Wand zu berühren.

Er erinnert sich, daß er früher einmal, in einem anderen Hotel, wochenlang, mit einem ähnlich geringfügigen Abstand zwischen den Häusern, Fenster an Fenster mit einer jungen Frau gewohnt hat. Sie hat in ihren Fensterrahmen einen winzigen runden Rasierspiegel gehängt. Vielleicht ist dies die einzige Stelle im ganzen Zimmer gewesen, an der der Einfall des Lichts ausreichend war. Täglich hat sie dort gestanden, hat sich gekämmt, sich geschminkt. Er erinnert sich plötzlich an die Handbewegung, an die Geschwindigkeit, mit der sie, sobald sie bemerkt hat, daß er sie beobachtet, mit einem einzigen Griff den Vorhang vorgezogen hat. Ohne den Prozeß des Frisierens auch nur für eine Sekunde zu unterbrechen, reißt sie, während sie mit der einen Hand das hochgekämmte Haar in eine breite Spange schiebt, sie mit einem Druck der Finger zuschnappen läßt, mit der anderen blind die Gardine vor, ohne ein einziges Mal den Blick vom Spiegel zu wenden.

In der Nacht wacht er auf, für einen Augenblick, ein fremder Geruch ist in seinen Schlaf gedrungen. Ein Geruch, der, so scheint es, durch das geöffnete Zimmer ins Fenster weht, ein Geruch nach gekochtem Essen, schwach und übelriechend, der Geruch von Angebranntem.

Der nächste Tag, ein Tag ohne Ereignis. Am Morgen biegt er in die Impasse Chartière ein, sie verläuft parallel zur Rue d'Escosse, in der sich der Eingang seines Hotels befindet. Er gerät in eine dunkle Toreinfahrt, er dringt, zerstreut, einige Schritte weiter vor, steht plötzlich vor einem verlassenen, ausgeräumten Haus. Ein paar Gardinen hängen noch vor den Fenstern der unteren Wohnung, sie verstärken den Eindruck des Verlassenen und Verkommenen. Sperrangelweit steht die Haustür offen. Alles strömt Leere aus, Schwärze, das Loch des Hausflurs, die Öffnungen der Fensterlöcher in den Mauern. Aus den Wänden schlägt ein muffiger Geruch. In den Zimmern ist nichts zurückgelassen außer ein paar bunten Tapetenresten, man sieht sie durch die Fenster, sie kleben in Fetzen an den Wänden. Alte Ofenrohre in den leeren Zimmerecken.

Plötzlich erkennt er, dies muß das Haus sein, auf dessen Hinterwand er von seinem Fenster aus blickt. Im Hof, hinter dem Tordurchgang, sind die Mülltonnen der Bewohner stehengeblieben.

Am Abend fragt er den Portier nach dem unbewohnten Haus. Es ist ein Brief für ihn da, er reißt ihn gleich, noch an der Rezeption stehend, auf, es ist ein Schreiben von Antenne 2. Man sucht noch einen Mann für eine Reportage im Tschad, *würden wir uns freuen, Sie am kommenden Freitag, dem 26. Mai, zu einer Vorbesprechung …* undsoweiter. Es ist soweit, endlich, am Freitag also. Wenn es klappt, wird er sich über eine Wohnung keine Gedanken mehr machen müssen. Er wird das Land verlassen, bald, wie früher.

Das Haus steht bereits seit drei Jahren leer, erzählt der Portier, jetzt endlich habe die Stadtverwaltung beschlossen, es zu erhalten, mit der Renovierung zu beginnen. Ursprünglich habe man erwogen, es abreißen zu lassen, doch die Fassade sei kostbar, müsse bewahrt werden, bereits für die nächste Woche sei der Beginn der Arbeiten angesetzt.

In der Nacht träumt er von der mittelmeerischen, afrikanischen Stadt. In jener Stadt, irgendwo, versteckt, das Zimmer zum Meer, in dem sie liegen, Sarah und er, zwei Körper, nackt, nebeneinander, in dem sie sich waschen, mit kühlem Wasser aus dem Krug, den der Hotelboy gebracht hat, den Dunst, die Feuchtigkeit dieses Wassers auf der Haut des anderen einsaugend, mit halbgeschlossenen, von der Helligkeit geblendeten Augen.

Quer durch das Licht über den Hügeln aus weißem Stein, die zum Meer hin sanft abfallen, quer durch die Schattenlinie der flachen Gebäude unter dem Himmel zieht sich eine rußige Spur, die Landschaft verdüsternd, eine Spur am Himmel, die von irgendwo aufsteigt. Er riecht die versengte Luft, das abgebrannte Gras, dann ist er sich sicher, er riecht es deutlich, eine Täuschung ist ausgeschlossen. Es ist derselbe schwache Gestank nach angebranntem Essen wie in der letzten Nacht. Als habe jemand, überstürzt und in Gedanken, ein Essen zubereitet, in der Dunkelheit dieser Nacht. Das Zimmer hinter dem Fenster gegenüber ist nicht unbewohnt, es gibt dort jemanden, jemand, der kocht, der ißt, während der Nacht.

Er verläßt das Bett, ohne das Licht anzuschalten, er stellt sich im Dunkeln neben den Fensterrahmen, um nicht von gegenüber gesehen zu werden, er späht hinüber. Auf der anderen Seite ein schwarzes Loch, reglos, der geschlossene Vorhang dahinter. Kein Luftzug. Dann aber meint er zu bemerken, daß das Fenster einen Spalt breit geöffnet ist. Doch nichts bewegt sich, niemand rührt sich. Wieder, während er dort im Dunkeln steht, spürt er die Stille, die Lautlosigkeit zwischen den Wänden. Sie hat etwas Lauerndes, als hielten die Wände den Atem an, bespitzelten den Schlaf, in den Betten, in allen Räumen.

Er beschließt, ihn nicht zu verraten. Wer auch immer sich in dem leeren Haus versteckt hält, derjenige, der gezwungen ist, in aller Heimlichkeit, da er offenbar von niemandem entdeckt werden darf, während der Nacht dort zu kochen, er wird ihn decken. Diese nächtliche Heimlichkeit, in nächster Nähe, in vollkommener Stille spielt sie sich ab. Da, gegenüber, ein Zimmer, erfüllt von Hunger, von Gier, von lautlosem Stopfen und Schlingen, dem Auskratzen eines Topfes. Von dem Zimmer geht ein Zwang aus, jetzt, bei Nacht, in der nächtlichen Luft ist er zu spüren. Ein Eingesperrter sitzt dort, steht vielleicht hinter dem Fenster, wie er. Die Wände umklammern das Zimmer, den Unbekannten, im Verborgenen.

Er kennt das. Er glaubt, es zu kennen. Auch er ist oft genötigt gewesen, sich ein Essen zuzubereiten, billig und improvisiert, in jenen unzähligen Hotelzimmern, durch die er im Lauf der Jahre gezogen ist. Er hat den Wänden eine Spur hinterlassen, den Geruch des Gekochten. Es ist verboten, in allen Hotels ist es strengstens untersagt, angeblich wegen der Brandgefahr. Man muß in Heimlichkeit, in Geräuschlosigkeit vorgehen, man schlingt das Essen herunter, halbgar, immer in Angst vor einem plötzlichen Türklopfen, vor der Ent-

deckung. Immer in Angst, aus dem Hotel geworfen zu werden. Man liest, hinterher, sorgfältig die auf dem Boden verstreuten Krümel auf, wischt an einem Rotweinflecken auf dem Teppich herum, man verursacht durch das hastige Schlürfen und Schlingen einen geblähten Magen.
Er denkt, er kennt das, er weiß, wie der andere sich fühlt, der sich dort drüben versteckt hält. Er erinnert ihn an jemanden auf der Flucht, ohne Geld, ohne Freunde, er bedauert, nicht bei ihm anklopfen, mit ihm reden zu können. Über den schmalen Spalt zwischen den Hauswänden hinweg wünscht er sich, mit dem Fremden zu sprechen, von Fenster zu Fenster.

Noch zwei Tage sind totzuschlagen bis zum Freitag, bis zu der Besprechung. Am Mittwoch nieselt, während des ganzen Tags, der Regen, er gibt es auf, lange herumzuwandern, er geht wieder ins Kino.
Die Musik im Dunkeln des Kinos, weich, gleitend, schläfrig, der melancholische Rhythmus der Nachkriegsstädte. Er kauft eine zweite Karte, er kehrt in seinen Sessel zurück, sieht den Film noch einmal an. Charlotte Rampling, kühl, schön, da ist die Art, mit der sie beim Übereinanderschlagen der Beine den Glitzerstoff ihres Kleides zwischen die Schenkel klemmt.
Später geht er an dem unbewohnten Haus vorbei, ohne es beabsichtigt zu haben. Plötzlich findet er sich dort, und als er den düsteren Toreingang durchquert

hat, als er vor dem Haus steht, sieht er, daß die Haustür mit zwei Balken verrammelt und zugenagelt ist. Er ist sich sicher gewesen, vollkommen gewiß, daß am Tag zuvor die Haustür weit offen gestanden hat. Daß der modrige Hausflur wie ein gähnender Schlauch dem Vorübergehenden entgegengestarrt hat.
Ganz sicher. Jetzt aber kann er es nicht mehr eindeutig behaupten. Das einzige, was gewiß ist, ist die Tatsache, daß irgend jemand in dem Haus gewesen sein muß. Jemand, der in einem Hinterzimmer im fünften Stockwerk gekocht hat während der letzten Nächte. Es muß also Strom geben in diesem Haus, eine elektrische Herdplatte, Gas, einen Ofen. Er hat es deutlich gerochen. Er ist dagewesen, herübergeweht in sein Zimmer, so gewiß, wie er ihn gestört hat, dieser Gestank, dieser stechende Geruch nach Angebranntem. Doch das Haus macht den Eindruck, als sei es seit Jahren von niemandem mehr betreten worden.
Aber der Geruch, diese leichte Spur in der Luft, sich verstärkend, die nächtliche Heimlichkeit. Vielleicht hat er sich geirrt. Vielleicht ist der Geruch von unten, aus dem Schacht hochgestiegen und nicht aus dem Zimmer gegenüber zu ihm gedrungen. Vielleicht ist es der Nachtportier gewesen, unten in der Hotelküche, er hat sich eine Suppe, einen Eintopf aufgewärmt, vielleicht, damit die Nacht schneller vergehe. Dann hat es geklingelt an der Eingangstür, es hat geklingelt wie besessen, wie immer, wenn ein später Hotelgast be-

trunken von einem Streifzug zurückkommt, er ist in die Halle gerannt, nach vorn, um ihn einzulassen, und natürlich hat er vergessen, die Flamme kleiner zu drehen, und natürlich ist sein Essen am Topfboden angebrannt.

Aber das Fenster, das einen Spalt breit offenstehende Fenster. Von welcher Hand ist es geöffnet worden? Er hat gespürt, es ist jemand dagewesen, da, in dem unbeleuchteten Zimmer, man spürt die Gegenwart eines anderen, auch wenn man ihn nicht sieht. Er hat nur die Wahl, entweder lügt dieses Haus, dieser Anschein von Verlassenheit, von Unbewohntheit, oder seine Nase hat ihn getäuscht, hat den fremden Geruch, sofern es ihn überhaupt gibt, in der falschen Richtung geortet.

Im Hotel angekommen, schaltet er die Deckenbeleuchtung an, zieht die Jacke aus, beschäftigt sich während des Abends damit, die Unterlagen für die Unterredung am Freitag vorzubereiten. Er sichtet die Berichte aus den letzten Jahren, breitet sie auf dem Tisch aus, er ist so vertieft, daß er erst merkt, wie spät es geworden ist, als er vor Müdigkeit fast umfällt.

Er kann kaum eine Stunde in Schlaf, in einen dumpfen, lähmenden Schlaf gefallen sein, als er auffährt.

Wieder ist es der Geruch, der ihn geweckt hat. Es gibt keinen Zweifel mehr. In dieser Nacht ist er stärker, durchdringender, er ist schärfer zu riechen als je zuvor.

Er setzt sich im Bett auf, in der Dunkelheit. Die Luft ist versetzt mit diesem versengten Geruch, sie preßt ihm den Schädel, das Gehirn zusammen. Ob der andere gegenüber, in eine Ecke des Zimmers gedrängt, dort hockt – wie er? Er ist nur noch Riechen. Riechen.

Plötzlich geschieht etwas in der Lautlosigkeit, etwas gerät in Bewegung. Ein Geräusch, unbestimmt zuerst, dann ein Brodeln, ein Zischen wie von überkochendem Wasser. Etwas zerreißt, man spürt, etwas gleitet ihm, dem Fremden aus der Hand, er verliert die Kontrolle. Ein Schrei, ein Laut wie ein Fluch, ein Geräusch wie vom Wischen mit einem Lappen. Man muß die Reste des Übergekochten entfernen, vielleicht ist es das, bevor sie trocknen, bevor sie, verkrustet, ankleben.

Plötzlich erinnert er sich, er hat während des ganzen Abends im vollen Licht der Deckenlampe am Tisch über seinen Papieren gesessen. Der Andere hat ihn beobachten, belauern können, ungehindert, für Stunden. Er dagegen, diese merkwürdige Gestalt, die sich in der Nacht verbirgt, verkriecht, die man niemals zu Gesicht bekommt. Dieses Kauern im Hinterhalt.

Plötzlich verliert er die Lust an diesem Spiel, an diesem Spiel von Komplizen, dieser Vortäuschung von Unwissenheit. Als habe er von der Anwesenheit der Person dort drüben keine Ahnung, nicht die geringste. Eindeutig ist sie im Vorteil. Sie sieht ihn, sie belauert ihn, jede Geste, jede Bewegung von ihm liegt offen, in vollem Licht.

Er springt aus dem Bett, fast ist er im Dunkeln über seine Schuhe gestolpert, er läuft zum Fenster.
Er reißt das Fenster auf, streckt die Hand aus. Der Abstand ist zu groß. Um wenige Zentimeter nur. Er beugt sich aus dem Fenster, hinüber, doch so weit er den Arm ausstreckt, die Entfernung ist zu groß.
Schließlich zieht er sich wieder ins Zimmer zurück. Er steht noch eine Weile in dem offenen Fenster und blickt hinüber und ruft leise einige Male he, he, aber nichts rührt sich.
Am nächsten Morgen, bevor er das Hotel verläßt, unterhält er sich eine Weile mit dem Portier, der aus Algerien kommt. Er erzählt ihm von dem Fenster gegenüber, er erzählt, daß jemand sich da versteckt halten müsse, erzählt von dem Geruch nach Angebranntem, daß jede Nacht derselbe Geruch da sei. Gibt es einen Verrückten hier, einen Verbrecher, einen Landstreicher? Ist es jemand, den man kennt, hier im Viertel, von dessen Verborgenheit man weiß? Doch der Portier sagt nur, in der kommenden Woche finge man mit den Arbeiten am Haus an. Er dreht ihm den Rücken zu, händigt einem Hotelgast, der gerade in die Halle gekommen ist, den Zimmerschlüssel aus.
Er ist unruhig wegen des Gesprächs am nächsten Tag, es hängt viel davon ab. Er geht zu Printemps. Er steckt seine Füße in die Schuhputzmaschine, danach sehen die Schuhe besser aus, obwohl das Leder brüchig ist. Er kauft an einem Stand eine Krawatte, eine dunkel-

blaue, er denkt, auch das kann nichts schaden, die anderen drei, die er von Sarah hat, liegen zerknittert im Koffer.

Sie hatte den Hotelboy aufs Zimmer bestellt, er mußte für sie die Vitrinen in der Halle des Grand Hotel plündern. Sie wählte aus, sie verwarf, sie knüllte den Stoff in der Hand. Legte ihn um ihren Hals, um seinen. Drei Tage lang schenkte sie ihm jeden Tag eine Krawatte. Er trug sie im Zimmer, im Bett. Sie gingen nicht aus. Sie lachte, die Hitze, das niemals endende Licht ließen sie torkeln wie eine Betrunkene, die ihre Lippen zerbiß, im Lachen.

Er läßt sich in einem Laden an der Bastille die Haare schneiden – er kommt heraus wie ein Sträfling, kurz geschoren, anders scheinen sie das niemals hinzukriegen.

Er geht am Fluß entlang zurück, über dem Fluß hängt der Staub der Stadt, der späte Nachmittag. Er geht auf das linke Ufer und kauft die letzte Nummer der Societé Géographique und liest im Jardin du Luxembourg einen ausführlichen Artikel über Saudi Arabien.

Schließlich ist es Zeit, ins Hotel zurückzukehren, sich schlafen zu legen. Doch er ist noch zu wach, es ist wegen des Gesprächs am nächsten Tag, er ist unruhig. Er beschließt, noch ein Glas zu trinken. Das Café gegenüber vom Jardin du Luxembourg, oben an der Ecke des Boulevard St-Michel, ist bis tief in die Nacht geöffnet, hellerleuchtet, mit gläsernen Wänden, leer.

Es ist Nacht. Nacht, schwarzblau, schwarz das Laub der Bäume im Park, reglos. Der Brunnen vor dem Park sprüht ins Licht der Laternen. Die Scheinwerfer, das Wasser. Die breiten Straßen sind leer.

Er hätte ihr schreiben können. In all den Jahren, er hätte es tun sollen. Warum haben sie sich getrennt, Sarah, er, in jenem Sommer? Ein Abschied an einem Abend, vor reglosem Meer. Er weiß nichts, er weiß nichts mehr, er hat alles vergessen.

Sie ging fort, eines Abends sagte sie, sie müsse zurückkehren, nach Hause, sie müsse sich von ihm trennen. Sie verließen das Zimmer, sie gingen durch die leere Stadt, in den Gärten, unter den Bäumen lagen die ersten Schatten, es war noch früh am Abend. Sie war zu ihm gekommen, sie hatte sich dicht vor ihn gestellt, ihre Hände an sein Gesicht gelegt.

Er wird ein Telegramm schicken, morgen, sofort, er wird schreiben: komm, komm sofort, ich werde dasein, ich werde zurückkehren, in das Zimmer, in das Licht zwischen den weißen Wänden, zu dem Fenster, dem zum Meer hin offenen Fenster, zu dem reglosen Meer, über dem kein Wind sich erhebt. Ich werde dasein.

Sie hat die Hände von seinem Gesicht genommen, sie hat sich umgedreht, sie ging fort, die Straße hinunter, zum Strand. Er ist ihr gefolgt, lange Zeit. Der Abstand vergrößerte sich, sie ging, den Kopf zum Wasser gewandt, mit bloßen Füßen, die Sandalen in der Hand schwenkend, über den leeren Sand.

Er weiß nicht, wann er aus dem Café herauskommt. Er hat früh schlafen gehen wollen, er wollte einen klaren, ausgeruhten Kopf haben, am nächsten Morgen. Er hat einige Gläser mehr getrunken, sechs, sieben, acht, er weiß es nicht mehr. Im Hotel läßt er sich vom Portier eine Aspirin-Tablette geben, Kopfschmerzen am nächsten Tag, das ist das letzte, was er gebrauchen kann.
Das Bett bewegt sich, es schaukelt, als er hineingefallen ist. Er kann nicht einschlafen, er starrt im Dunkeln an die Decke. Denn bei geschlossenen Augen wird sich der Schwindel verstärken, schon spürt er die Übelkeit. Er setzt sich auf. Kreisen im Hinterkopf. Brennen im Schädel. Hämmernder Druck, unter der Stirn.
Er hat zu viel getrunken, viel zu viel, wie immer, Sog von schwarzem Schlaf. Er liegt.
Ein Körper, aufrecht am Strand. Auf nackten Füßen, Bewegungen. Spuren im Sand. Lautlos. Lauter Licht noch über dem Sand, schieres Weiß, sie geht im Weiß. Das Gehen hört nicht auf, es geht immer fort, in die Ferne.
Weiten, endlos, Trümmer, erloschen, verstreut, verschwunden der Traum. Keine Gestalt mehr über dem rohen Sand, über dem Sandmeer. Traum, die rinnende, rieselnde Stunde. Aufgesprungen die Wände des Zimmers, er sieht nichts, es ist dunkel, die Wände zerspringen, das Zimmer kreist. Er kreist. Es kreist.
Er setzt sich auf. Er preßt die Hände auf die Augen, er krümmt den Körper zum Knie. Er dreht den Kopf zum

Fenster, sieht das schwache Licht aus dem Schacht. Er erkennt die Gegenstände, mit umgedrehtem Kopf. Er hat den Körper gebeugt, er sieht das Zimmer von unten.
Das Kreisen hält an, schwächer. Plötzlich ein Absturz im Innern, als fiele er durch den Schacht seines Körpers. Entleerung des Gehirns, wie durch einen Darm. Gekrümmt, im Sitzen, speit er auf den Teppich, das Bett, die Knie.
Wie lange dauert dieses Erbrechen? Er entleert sich, bis nur noch Galle kommt, bitterer Magenschleim, keuchend, hängt er aus dem Bett.
Kein Luftzug. Seine Nase verklebt, ätzender Speichel im Hals.
In der Nase Gestank, Gestank im Zimmer, im stickigen Lichtschacht. Er schleicht zum Fenster, öffnet es weit. Kein Luftzug, kein frischer Wind. Er beugt sich vor. Lautlosigkeit, lautlos der Schacht, die Tiefe.
Er blickt auf, blickt zum Fenster gegenüber. Nichts rührt sich.
Wer da? Eine Frage, kein Echo. Wer da? Wer in der Dunkelheit, in der Nacht. Wer ist es, in der Lautlosigkeit, in der Abgeschlossenheit.
Es hat ein Geräusch gegeben, letzte Nacht. Er ist davon aufgewacht, wie ein Kratzen im Topf, ein Zischen, es muß dieses Geräusch gegeben haben. Diesen Ton in der Nacht.
Er sieht, in einer Ecke des Zimmers, drüben, einen

Schatten, in einem fernen Winkel. Einen Schatten. Er sieht, er glaubt, ihn zu sehen. Er weiß nicht, ob er ihn sieht.

Wer da? Das Fenster ist geschlossen.

Da streift ihn ein Luftzug, er spürt ihn, im Nacken zuerst, endlich die Luft, ein nächtlicher, kühler Windhauch. Er sieht den Schatten, im Fenster. Er spürt den Windzug, die Tiefe. Er spürt das Rauschen der Luft, das Fallen. Er hört den Aufprall, im Schacht. Im Ohr.

# II

# Besuch auf dem Lande

## *Die Anreise*

Die Abzweigung kam, und der Zug fuhr in die Einfahrtsschneise zum Bahnhof. Häuserwände rückten von beiden Seiten enger zusammen, und zersplitterte Hinterhausmauern säumten die Schienen. Rechts und links hingen verwitterte Balkone mit zum Trocknen aufgespannter Wäsche. Die Räder drehten sich langsamer, ein Schwarm Vögel flog über die Dächer, wir fuhren in die Bahnhofshalle ein.

Von D. aus war es keine weite Strecke mehr bis zu meinem Ziel. Doch mit der rasch wachsenden Dämmerung veränderte sich die Gegend. Der Zug durchquerte einen verödeten Vorort, dann eine flache Landschaft. Leer streckten sich die Felder unter dem regnerischen Himmel. Ab und zu tauchte ein einsames Gehöft auf, und dann und wann reckte ein toter Baum seine Zweige in den leise aufsteigenden Nebel.

Der Zug war fast leer. Kaum jemand fuhr um diese Tageszeit noch aufs Land hinaus, es war schon fast Abend und ein Wochenende.

Ein Fasan stob neben den Gleisen auf und ruderte

korksend davon. Der Zug hielt an einem verlassen daliegenden Dorfbahnhof, und ich stieg als einziger aus. Der Himmel sah aus, als gäbe es an diesem Tag noch Schnee. Der Zug entfernte sich, die roten Schlußlichter und das Rollen der Räder wurden schwächer. Die Schranke ging hoch, niemand überquerte den Bahndamm. Das Bahnhofsgebäude war unbeleuchtet und der Eingang verschlossen. Vermutlich hielten am Wochenende, wenn die Pendler nicht zur Arbeit in die Stadt fuhren, zu wenig Züge an dieser Strecke. Fahrkarten gab es nirgends zu kaufen. Im Innern der dunklen Halle standen leere Bänke vor den Wänden.

Ich stellte mich unter ein Holzdach und wartete. Neben den Gleisen türmte sich ein Schrotthaufen. Dahinter begann schon das flache Land, ich sah matschige Feldwege und Rübenmieten.

Da kam der Gastgeber, um mich abzuholen.

## *Die Ankunft*

Das ganze Haus war festlich erleuchtet, man sah die Fenster schon von der Straße aus durch die Bäume strahlen. Im Garten herrschte Windstille, und nichts regte sich im dichten Laub. Was ich erkennen konnte, war ein prächtiger Landsitz. Ich hatte die bescheidene Behausung eines Gelehrten erwartet, der für seine Zurückhaltung von der Öffentlichkeit bekannt war. Es hieß, er lebe fast wie ein Einsiedler, und niemand, den ich kannte, war ihm je selbst begegnet. Sein Ruf gründete sich allein auf seine in zahlreichen Zeitschriften verstreuten Veröffentlichungen.

Durch einen Zufall hatte ich seine Einladung erhalten. Einige Zeit zuvor hatte ich an der Universität Leyden einen Vortrag gehalten und bei dieser Gelegenheit zuerst von jenen Papieren erzählen hören, die sich seit kurzem im Besitz meines Gastgebers befinden sollten. Es handelte sich um seit langem verschollene Entwürfe aus dem 18. Jahrhundert, die einen genauen Plan für die Umgestaltung von Norham Castle enthielten. Diese Entdeckung, sollte sie sich als echt erweisen, war in doppelter Hinsicht sensationell zu nennen – zum einen, weil die Vermutung bestand, die Entwürfe stammten von der Hand des berühmten und unerschöpflichen Capability Brown, einem der größten Künstler auf dem Gebiet der Gartenarchitektur in jener Epoche, und zum anderen wegen des außerordentlichen Sujets selbst. Das Herzstück dieses Plans sollte nämlich jenes rätselhafte, nie zur Ausführung gelangte Prunkstück der Phantasie bilden, das in den Aufrissen als *Grüner Käfig* eingezeichnet war. Eine Erfindung, die, wie es hieß, den lustvollen Schaudern Konkurrenz machen sollte, die den Spaziergänger in den bisherigen fürstlichen Parkanlagen zur Zerstreuung erwarteten. Insbesondere sollte den wohlkalkulierten Irrwegen in den traditionellen Heckenlabyrinthen, die sich allseitiger Beliebt-

heit erfreuten, im *Grünen Käfig* ein Gegenstück gesetzt werden. Genaueres wußte bisher niemand.
Ich hatte dem Gastgeber einen Aufsatz über die Fontainen in den Achsenanlagen von Fontainebleau geschickt, den ich vor kurzem in einer Fachzeitschrift veröffentlicht hatte, und einige Wochen später war der Vorschlag gekommen, ihn gelegentlich zu besuchen.
Sofort, als ich das Haus betrat, spürte ich eine unerklärliche Beklemmung, die über den Zimmern lag. Das schien mir umso seltsamer, als das ganze Haus so festlich erleuchtet war. Sobald ich allerdings durch mehrere zu ebener Erde liegende Räume geführt wurde, sah ich, daß diese Wirkung sich keinem einzigen Kronleuchter verdankte. Es hingen zwar überall schwere Lüster von der Decke herab, aber sie waren nicht eingeschaltet. Der Eindruck festlicher Helligkeit verdankte sich ausschließlich einer Unmenge von Tischlampen mit ausgesuchten Füßen und Schirmen. Noch in den hintersten Ecken, Nischen und Durchgängen waren winzige Tischchen auf zerbrechlichen Beinen für die Lampen aufgestellt, und ich fragte mich, wie es möglich war, daß nicht die Tischchen von den Hausbewohnern täglich im Vorbeigehn umgestoßen wurden. Denn die Zimmer waren klein, eng, mit niedrigen Decken, wenn auch ein täuschender Eindruck von Weitläufigkeit dadurch entstand, daß sie ineinander übergingen, verbunden durch Schiebetüren, die alle geöffnet waren. Darüberhinaus erweiterten sich die Zimmer durch

die großen Fenster zum Garten, in denen sie sich jetzt, in der Dunkelheit, spiegelnd verdoppelten. Die winzigen Tischchen sagten etwas über den Charakter der Hausbewohner aus: sie mußten über eine lange und geduldige Übung darin verfügen, ihre Bewegungen einzuschränken und jede Hast zu vermeiden. Sie mußten gelernt haben, sich der Enge der Zimmer einzufügen, um sich ohne Gefahr zwischen den zerbrechlichen Tischchen und Lampen bewegen zu können.

Es gab überall Kerzen, silbernes Tischgerät und Wandspiegel, die die Lichter zurückwarfen. Die Wände waren hell gestrichen und matt gelackt. Möbelbezüge und Vorhangstoffe zeigten den bleichen Farbton leichter Verschlissenheit. Als ich der Frau des Gastgebers vorgestellt wurde, war auch ihre Gestalt, mit dem blonden Haar und dem glänzenden Seidenkleid, eine einzige hell schimmernde Fläche. Sie fiel kaum auf, so sehr fügte ihre Erscheinung sich in ihre Umgebung.

Der Empfang war von überströmender Herzlichkeit. Sofort zogen mich die Gastgeber in einen Sog von Freundlichkeiten, obwohl sie mich nie zuvor gesehen hatten. Sie beherrschten die Zeremonie des Empfangs mit vollkommener Leichtigkeit. Ihre Höflichkeiten waren wie nach einem imaginären Muster gestickt, ihre Worte und Gesten waren von einer leicht in der Luft sich verflüchtigenden Substanz wie der Geruch eines Parfums – durchsichtig bis zur Leere.

Auf einem silbernen Tablett wurden gefüllte Weingläser hereingetragen. Wir standen in der Mitte des äußersten Zimmers, wir drehten die Gläser in den Händen, wir tranken. Der Hausherr wies auf ein Bild neben der Tür, sprach in den Raum. Vom äußersten Ende des Parks drang der Geruch der Nußbäume durch die offenstehende Eingangstür ins Haus, bitter, und die Feuchtigkeit der Büsche, die vor der Hauswand wuchsen.

Wieder spürte ich eine Beklemmung, die verborgen unter der Oberfläche steckte. Wir leerten unsere Gläser, sie wurden neu gefüllt. Der Hausherr zeigte auf die zerbröckelnden Farben im Innern des Bildes neben der Tür.

Ein kleines Mädchen betrat das Zimmer. Man stellte es mir als Tochter vor, dann wurde es zum Schlafen geschickt. Unter dem Arm trug es ein schweres Bilderbuch, im Haar eine weiße Schleife. Ich warf einen Blick auf das Buch, es war der *rêve d'une petite fille qui voulut entrer au Carmel*. Vater, Mutter, Kind. Das Ganze kam mir vor wie ein Bild hinter Glas, über dem eine Schicht von Staub lag.

Die Frau des Gastgebers schien über dreißig Jahre jünger als er. Als sie sich zu dem Kind hinabbeugte, es umarmte, ihm Gute Nacht wünschte, fing ich einen Blick auf, den sie verstohlen auf mich warf, eine seltsame Mischung aus Müdigkeit und Erwartung. Ich bemerkte, daß überall Vasen standen, die mit Astern gefüllt waren, rostroten und violetten. Ich stellte mir

ihre Hände vor, wie sie mit den Stengeln hantierten, sie brachen und schnitten, die Blätter abrupften, die Blumen ins Wasser stellten.
Der Gastgeber führte mich in mein Zimmer, ich war der einzige Gast an diesem Wochenende. Es war ein kleines, spärlich möbliertes Zimmer, an der Außenwand gelegen, ein Eckzimmer, dessen Einfachheit in deutlichem Gegensatz zur Prächtigkeit der übrigen Zimmer stand. Seine Rede lief immer fort, gefällig, zurückhaltend, mit überlegener Distanz, ganze Generationen mußten an dieser Redeweise gearbeitet haben. Er zeigte mir einen Teil des Hauses, wies auf einige Landschaftsansichten über den Türen, sprach über die Geschichte des Hauses, wies auf die Architektur, den roten Backstein, die Ecktürme, die Brücke, den Torbogen.

## Das Diner

Etwas spielte sich außerhalb ab, außerhalb des Geredes. Etwas geschah auf einer anderen, einer zweiten Ebene, war versteckt in den Pausen zwischen den Worten, im Schweigen hinter den Worten.
Wir saßen in einem der ebenerdigen Zimmer, nahe der Eingangstür. Auf den Fliesen in der Halle knisterte das Laub und bewegte sich bei jedem Windzug. Es war ein ungewöhnliches Zimmer, als Speisezimmer eingerich-

tet und zugleich Bibliothek, mit Bücherwänden, die sich bis unter die Decke zogen.
Ich erinnere mich an eine nicht abreißende Unterhaltung, an ein ununterbrochenes Gemurmel, ohne sagen zu können, wovon die Rede war. Der leichte Rausch dieser Nacht hat meine Erinnerung verwischt. Immer wieder wurde eine neue Flasche Wein gebracht und in einen Kübel mit Eis gestellt. Langsam breitete sich ein gleichmäßiger Ton über der Nacht aus, wie ein leises Summen. Unterhalb dieses Tons plätscherte die Unterhaltung fort. Ungeübt in diesem leichten Tonfall, fiel mir nichts zu sagen ein. Zuerst spürte ich eine gewisse Verlegenheit wegen meiner Schweigsamkeit, aber dann kam ich mir vor wie eine Attrappe. Denn niemand schien sich für meine Person zu interessieren, keine Frage wurde gestellt, keine Auskunft erbeten, fast schien es, als verbiete sich die Erwähnung meiner Person. Man wandte sich an mich, eindringlich, und sprach zugleich über mich hinweg. Als hätten sie einen Schauspieler eingeladen, der zu ihrer Unterhaltung die Rolle Gast spielen sollte. Ich sah die Frau an, ich trank, ich wartete, ob sich der Blick, den ich aufgefangen hatte, wiederholen würde.
Spät in der Nacht begann das Gastmahl. Wachtelpastete wurde aufgetragen, und immer noch lachte und redete sie mit höflich gedämpfter Stimme und in ihrer leichten Art zu mir hin über den Tisch, rührte die Speisen kaum an und zerlegte sie zierlich auf ihren Tellern,

fuhr lautlos mit ihrem scharfen Messer und der spitzen Gabel über das Porzellan, den Blick sekundenlang dorthin geheftet, und dann schlug sie die Augen auf und sah mich an und steckte ein winziges Stück des Geflügels zwischen die Lippen.
Das war die Tischordnung: sie saß am Kopfende, der Hausherr und ich an den beiden Längsseiten der Tafel.
Einmal verschüttete das Mädchen während des Einschenkens einige Tropfen Rotwein. Da sah es aus, als befalle den Gastgeber eine wahnwitzige Wut. Eine Sekunde lang schien er die Beherrschung zu verlieren. Es ging jedoch so schnell vorüber, daß ich dachte, mich getäuscht zu haben. Doch die Gelassenheit seines Gesichts war zu sehr zur Schau getragen, als daß sie hätte echt sein können. Dieser plötzliche Sprung in der Maske war wie eine Ankündigung gewesen – leider zu kurz, als daß ich hätte erfahren können, wovon.
Die Frau des Gastgebers streute ein wenig Salz über den Fleck. Ich sah die Bewegungen ihrer Hände, die Gewohnheit, die sich in dieser Geste ausdrückte, und die Müdigkeit.
Plötzlich wehte wie aus weiter Ferne ein Windstoß einen Haufen welker Blätter durch die offene Haustür in die Halle. Man hörte deutlich das Knistern und Rascheln, mit dem sie über die Ziegel wirbelten.
Die Frau erhob sich vom Tisch, stellte sich ans Fenster, blickte nach draußen in den Park. Zweige prasselten zur Erde. Ich wünschte, sie bliebe dort stehen. Den

Blick von mir abgewandt, kam sie mir vor wie eine Schlafende. Und ich wünschte, diese reglose Gestalt vor dem Fenster länger ansehen zu können.

Sie kehrte an den Tisch zurück, setzte sich, trank, vermied es, mich anzusehen. Der Sturm legte sich, wieder wehte bitter der Geruch der Nußbäume aus dem Garten herein.

Immer stand das Glas neugefüllt neben dem Teller. Ich sah die Schüsseln mit dem Geflügel, erkaltetes Rebhuhn, erstarrt, aufgebahrt zwischen Morcheln und großblättriger Kresse.

Der Hausherr fuhr fort, etwas zu erklären, ich hörte kaum zu. Müdigkeit senkte sich mir in alle Glieder. Ich hörte die Geräusche am Tisch, sie wurden als Echo in meinem Kopf hin und her geworfen wie in einem weiten Saal. Der Gastgeber steckte sich eine Zigarre in den Mund und zündete sie an. Das Reiben des Streichholzes dröhnte in meinem Kopf wie eine kleine Explosion, das Saugen an der Zigarre wie eine Pumpe.

Ihre Hand lag neben meiner auf dem Tisch, nur einen Fingerbreit entfernt. Sie war an der Stelle liegengeblieben, wo sie sie hingelegt hatte, reglos wie die Hand einer Schlafenden am Strand, die im Traum ein wenig tiefer im Sand versinkt.

Ich sah auf, wir blickten uns an, als wachten wir auf, dieser eine Augenblick genügte, und wir lächelten. Ich wußte, daß ich die ganze Zeit darauf gewartet hatte, daß sich der Blick wiederholte, dieser rasche Blick am

Anfang des Abends, den ich von einem Ende des Zimmers zum anderen aufgefangen und nicht vergessen hatte.
Wieder fing der Hausherr an zu sprechen. Er rückte ihr näher, beugte sich vor, ergriff ihren Arm, drückte ihn, hielt ihn fest, er sah sie an, sprach nur sie an.
Er habe die Entwürfe auf einem Speicher entdeckt, in einem verlassenen Gehöft in Südfrankreich. Sie hätten dort versteckt zwischen Kisten und leeren Vogelnestern gelegen, verstaubt, verdreckt, zerfallend, ein Privatsammler, ein Emigrant auf der Flucht vor den Deutschen habe sie dort bei einem Freund zurückgelassen. Er habe seit langem Nachforschungen über ihn angestellt, seine Spur verfolgt, und auf diese Weise die Pläne entdeckt. Ein kleines Modell des *Grünen Käfigs* befinde sich in seinem Schlafzimmer, soeben sei es fertiggestellt worden, und er wolle es mir am nächsten Morgen erklären.
Ihr Haar fiel glatt von der Stirn. Die glasierten Kartoffeln starrten erkaltet in ihrer Marinade.
Warum nur hatten sie mich eingeladen? Die ganze Idee der Einladung kam mir so phantastisch vor, daß sie nur die Ausgeburt von Langeweile und endlosem Landregen sein konnte.
Ich wollte die Hand ausstrecken, um die andere Hand neben mir zu ergreifen, die auf der Tischplatte lag wie liegengebliebenes Strandgut, wie ein von der Flut an Land geschwemmtes Stück Seetang.

Das Trinken nahm kein Ende. Ich setzte das Glas an den Mund, der Wein hatte den Geschmack von Sand, trockener als der Boden unter den Bäumen im Garten, der schwer und lehmig war.
Der Garten lag in vollkommener Windstille. Ein geschlossener Garten mit schlafenden Vögeln. Niemand hatte daran gedacht, die Lampen vor dem Haus einzuschalten, um den Weg zwischen den Büschen zu beleuchten. Vor dem Fenster lastete Finsternis, die aus der Tiefe des Gartens zum Haus drang.
Niemand erschien, um endlich die Schüsseln und Teller abzutragen. Die Frau des Gastgebers stand auf, verließ ihren Platz, trug eine Schüssel aus dem Zimmer. Der Gastgeber, noch rauchend, zog ein Buch neben sich aus dem Wandregal, blätterte, suchte einen Satz.
Nach einer Minute folgte ich ihr, eine Entschuldigung murmelnd.
Plötzlich sah ich sie durch eine offene Tür. Sie stand inmitten der Küche, ohne sich zu rühren. Die Küche war leer. Sie blickte aus weit geöffneten Augen irgendwohin, abwesend, als lausche sie angestrengt in das Haus, in den Garten, durch die weit geöffnete Tür. Auf dem Schrank waren Kräuter und Gewürze verstreut, und Besteck und schmutziges Geschirr stapelten sich.
Ich wollte sie berühren und näherte mich ihr.
– Es ist unmöglich, sagte sie leise.
Dann stand sie an mich gelehnt. Ich roch ihr Haar, und aus dem Garten kam immer noch der Geruch der Nuß-

bäume, bitter und weich. Vor dem Fenster die Wand von Finsternis, der schweigende Garten.
Ich zog sie näher, schloß sie fester an mich, sie rührte sich nicht. Wir standen, eingeschlossen in die Stille des Hauses, in der die Zeit sich dehnte bis über die Grenzen der Mauern.
Dann war hinter der Tür, auf dem Flur, ein schwaches Geräusch zu hören. Es klang wie ein fast lautloses Kriechen und wie das Schleifen eines langen, nackten Schwanzes.

## *Die Nacht*

In der Nacht wachte ich auf, und von irgendwoher aus dem fremden Haus, aus den Fluren mit den eiskalten Bohlen, drang Geflüster an mein Ohr. Ein trauriger Singsang, ein ächzendes Wispern zu zwei Stimmen. Ab und zu war es still, vollkommen still, wie ein Atemanhalten. Dann brach wieder der Sturm los, und dazwischen das Flüstern der zwei Stimmen, näher und ferner, manchmal verweht vom Brausen des Sturms in den Bäumen, vom Pfeifen, vom Knacken, vom Heulen, vom Schlagen, vom Klappern, vom Zischen.
Ich sank wieder in Halbschlaf, wieder rückten die Stimmen fort, gleichmäßig tönend wie das ferne Rauschen des Flusses hinter dem Garten.
Ich fuhr plötzlich auf, die Stimmen mußten jetzt dicht

vor der Tür sein, so nah schien mir das Flüstern. Im Dunkeln starrte ich auf die Klinke.

Da hörte ich deutlich, wie die Stimme des Mannes sagte, es ist die Tür, sie steht offen, während der ganzen Nacht. So weit, daß die welken Blätter aus dem Garten in alle Ecken geweht werden, sie überfluten das Erdgeschoß. Du kommst aus dem Garten, durch die offenstehende Tür, du bist eiskalt. Und der Gast?

Die Stimme der Frau, nach einer Weile, siehst du, es ist nichts, es war nichts. Wer außer dir selbst hätte es auch so geplant, diesen Abend, diesen Besuch, dieses Essen zu dritt.

Vom Rand des Parks rauschte der Fluß, die Äste brachen zersplitternd ab, sie verfingen sich in den Baumkronen.

Bis vor dem Fenster das Morgengrauen anstieg, vom Fluß her der frühe Nebel zum Haus drang und unausgesetzt das Läuten von Glocken aus einem fernen Dorf über die Felder herüberwehte.

## *Das Frühstück*

Später erst wurde ich mir des Eindrucks bewußt, den der Hausherr am frühen Morgen auf mich gemacht hatte. Ich war aus dem Schlaf aufgefahren, durch einen Ausruf des Gastgebers geweckt, und aus dem Zimmer gestürzt. Es mußte noch früh am Morgen sein, der

Nebel vor den Fenstern hatte sich noch nicht aufgelöst. In dem Moment, als ich schlaftrunken zu dem Gastgeber lief, war das, was ich sah, an mir vorbeigerutscht. Später erst, als wir beim Frühstück saßen und die Unterhaltung sich um die Entdeckung drehte, rutschte mir dieser Eindruck in die Erinnerung zurück.

Am Abend vorher war alles an dem Gastgeber *Erscheinung* gewesen. Alles saß an ihm, paßte sich ihm an, der Tweed, der Flanell, die Wolle, die Weste, die Strümpfe, die weißen Manschetten mit den Karneolsteinen.

Als er am Treppenabsatz gestanden und auf uns gewartet hatte, hatte die *Erscheinung* einen Riß bekommen. Er trug einen weiten Pyjama, einen roten Morgenrock aus Seide. Das Rot war ein tiefes Burgunderrot, und das Morgenlicht spielte darüber hin. Es fiel auch auf Halsfalten, auf Hautsäcke unter den Augen, auf den Bauch unter dem Gürtel und auf ein Paar nackter Beine. Er sah mich an, über den Abstand des Treppenabsatzes hinweg schien er nur mich anzusehen. Wünschte er, ich sollte in diesem Blick etwas erkennen, etwas von dem, was er uns gleich zeigen würde? Jetzt, während des Frühstücks, fühlte ich, es war vor allem der Blick, der die Veränderung zum Abend davor angezeigt hatte. Es war der Blick eines Menschen, der von einer heimlichen Krankheit zerfressen wird – einer Leberschrumpfung oder einer nagenden Eifersucht.

Er hatte uns in sein Schlafzimmer geführt, er hatte uns

die gräßliche Bescherung gezeigt. Auf einem Tisch neben dem Fenster stand das Modell des *Grünen Käfigs*. Es war ein Drahtmaschenturm von etwa einem Meter Höhe. Um die Drahtverstrebungen waren dichte Blattgirlanden und blühende Ranken geschlungen, so daß das ganze luftige Gebäude Ähnlichkeit mit einem riesigen Vogelkäfig aus Blattwerk hatte. Vom Scheitelpunkt bis zur Spitze des Turms, in dem sich ein Aussichtsplafond befand, waren drei eng sich windende Wendeltreppen wie die Stränge eines Zopfs miteinander verflochten. Der Besucher müßte sich beim Aufstieg einen immer neuen Treppenanfang suchen, da der jeweils eingeschlagene Weg wieder hinter einem anderen, sich überlagernden, verschwand. An der inneren Wand dieses Käfigs hing, den Kopf nach unten, eine tote Ratte. Sie mußte am Abend zuvor durch die offenstehende Eingangstür ins Haus gedrungen sein. Sie mußte über die Treppe ins obere Stockwerk geschlichen sein. Sie mußte, vielleicht angelockt durch das Blattwerk, die Wände des *Grünen Käfigs* hochgeklettert sein, dabei mußte ihr Schwanz sich in dem Ranken- und Drahtmaschengeflecht verfangen und verwickelt haben. Hatten ihre Füße den Halt verloren? Hatte sie irgendwann in der Nacht nicht mehr die Kraft gehabt, sich festzukrallen? Die Ratte – der einzige Zeuge unserer Umarmung – hatte sich selbst erhängt und baumelte an ihrem langen Schwanz.

Während des Frühstücks redeten alle über die Ratte.

Sie trieb mir bei dem Gedanken an ihren Tod einen Schauder über den Rücken. Sie mußte sich erhängt haben, als wir uns im Garten trafen. Nun baumelte sie im Schlafzimmer des Gastgebers, in dem auch heute morgen der leichte Zugwind, der hier in allen Zimmern durch die Ritzen wehte, zu spüren gewesen war.

Er habe ihr gleich gesagt, rief der Gastgeber zu seiner Frau, was es für eine unsinnige Idee sei, um diese Jahreszeit die Haustür sperrangelweit offenstehen zu lassen, es sei nicht mehr Sommer, und im Sturm hätten die Türen der oberen Zimmer zuschlagen und die Fensterscheiben zerbrechen können.

Aber gerade wegen der Herbststürme lasse sie die Tür manchmal offenstehen, verteidigte sich die Frau. Sie liebe es, ihnen zuzuhören, wenn sie sich in der Ferne erhöben und über den Fluß in den Garten einbrächen. In der Nacht, wenn das Haus schliefe, käme für sie ein Zustand äußersten Lauschens. Der Sturm verwandle den Garten in ein Orchester beim Einstimmen der Instrumente. Da sei der an- und abschwellende Atem des Windes, das Pfeifen und Jaulen der Windböe, ein Rieseln, Rauschen und Blasen in den Büschen, ein Brechen der Zweige und ein Knacken in den alten Baumkronen da draußen – und dann, wenn der Sturm das erste welke Laub in den Hauseingang wehe, knistere es auf den Fliesen wie brüchige Seide und stiebe, wenn man vorübergehe, aufwirbelnd hoch.

Aber sie habe sich geweigert, in den Garten zu gehen,

vor dem Eintreffen des Gastes, um nach der Katze zu suchen, sagte der Gastgeber. Es sei ihr zu stürmisch da draußen gewesen, sie erinnere sich doch? Und dann machte er einen Witz. Sie warte auf die Verwüstungen der Herbststürme im Park, sie warte auf die Nächte, wenn sie in diesen Landstrich gelangten, aber, genau betrachtet, liebe sie die Stürme nur, wenn sie im Innern des Hauses geschützt sei, doch niemand von uns lachte.
Das kleine Mädchen erwähnte, schon am Tag zuvor hätten sie die Ratte gesehen. Ob sich niemand erinnere? Niemals zuvor hätte sich eine Ratte so dicht ans Haus gewagt. Natürlich, es gäbe welche hier in der Gegend, unten am Fluß, das hätten sie seit langem gewußt, es gäbe immer welche in der Nähe eines Gewässers. Doch plötzlich, am gestrigen Nachmittag, hätte der Vater laut gerufen, sie wären auf seinen Ruf hin alle zum Fenster gestürzt und hätten ein Tier beobachtet. Eine schwere Bisamratte, den braun behaarten Leib eng an den lehmigen Erdboden gedrückt, sei, unter den Büschen Tarnung suchend, quer über die Wiese langsam zum Fluß geschlichen.
Ich konnte mir den Moment vorstellen, als sie erschrocken dort am Fenster verharrten. Das ebenerdige Zimmer, in dem sie standen, lag in trübem Licht, denn, wie sie erzählt hatten, hatte es seit Wochen ununterbrochen geregnet. Ein Landregen, der die Tage erstickte in Klammheit, diesigem Licht, Eintönigkeit. Ich

stellte mir vor, wie sie dort unten an dem Nachmittag, bevor ich ankam, gesessen hatten, der Gastgeber, seine Frau und das kleine Mädchen, und vor dem Fenster wurde es langsam dunkler. Das kleine Mädchen, in einen tiefen Sessel gedrückt, in einem Bilderbuch blätternd, die Regentropfen an der Fensterscheibe verfolgend. In der Standuhr knirschte der Pendel. Die Frau, ab und zu von ihrem Sitz aufspringend, hin und her irrend, zerfahren mit den Vorbereitungen für den Abend beginnend. Vasen suchend, die Astern ordnend, das Decken des Tisches überwachend. Die Zeitschriften, die in den Sesseln herumlagen, mußten weggeräumt werden, auch die abgenagten Hundeknochen, die der Hund unter der Heizung, dem Tisch und dem Sofa liegengelassen hatte.

Ich erinnerte mich an die beklemmende Atmosphäre, die über den Zimmern lag, als ich ankam, und ich kam mir hilflos vor gegenüber diesem Haus, das wie eine Falle war, deren Mechanismus ich nicht verstand. Die Zeit entglitt im Unbestimmten, in einem Muster von Trauer und Warten. In der Einförmigkeit ihrer Tage mochten die Stunden des gestrigen Nachmittags einen Namen haben: Familie in Erwartung eines Gastes. Aber sein Auftauchen änderte nichts, es blieb ein trauriges Haus, und die Dinge hatten etwas Feuchtes und Verlassenes. Sie hatten dagesessen, mehr und mehr eingeschlossen vom strömenden Regen und vom fahler werdenden Licht vor den Fenstern.

# Der Arm

Über einen Bahnsteig geht ein Mann.
Sonntagmorgen. Frühe. Kälte steigt mit dem Tagesanbruch aus dem Boden auf in die Luft. Der Mann geht bis zum Ende des leeren Bahnsteigs. Neben den Schienen verläuft ein Zaun, und dahinter liegt gleich die Stadt.
Der Mann kehrt um. Seit Stunden schreitet er die Strecke ab, hin und her laufend wie an einer gespannten Schnur. Das Geräusch seiner Schritte hallt durch die herbstliche Luft. Hallt in den schweigsamen Morgen. Zu sehen ist außer ihm niemand. Am anderen Ende des Bahnsteigs steht ein Koffer. Abgestellt am Rand neben den Schienen. Ein Aktenkoffer, vollgestopft mit Papieren, mit Policen, Anträgen, Broschüren, Vertragsformularen, das weiß der Mann.
In der Nacht stieg er in einen falschen Zug. Als er es bemerkte, als er an der nächsten Station ausstieg, war es zu spät. Den Anschlußzug in die nächste, größere Stadt erreichte er nicht mehr.
Er ist tief in der Provinz. Er hat gewartet, auf und ab gehend, den Bahnsteig abschreitend. Jenseits des Zauns das Licht der Bogenlampen über dem Bahnhofsvorplatz, kalt surrend in der Nacht.

Niemals hat er sich verfahren. Obwohl er viel reist. Seine Aufgabe führt ihn in abgelegene Ortschaften, weitab von den großen Industriestädten. Die Bahnhofskneipe war längst geschlossen. Auch der Wartesaal. Durch eine Glasscheibe in der Tür hat er in den dunklen Saal gespäht. Ein wenig Licht fiel von außen ein, und er sah Zigarettenkippen am Boden und an den Wänden leere Bänke.
Der erste Zug zurück fährt in der Frühe. Immer noch geht er unter dem Schild entlang, auf dem der Name des Ortes geschrieben steht. Die Hände in den Taschen seines Mantels vergraben, den Atem in die neblige Kälte ausstoßend. Dann wird es hell. Ein grauer Tag in der Provinz. Nichts rührt sich im Ort. Er dreht sich um. Der Steinboden knirscht unter der sich drehenden Schuhsohle. Er geht zurück.

Jenseits des Platzes öffnet sich in der Ferne ein Fenster. Ein Fenster in einem Eckhaus, hoch oben, fast unter dem Dach. Ein Arm winkt über den leeren Platz. Ein nackter Arm. Ein Frauenarm, scheint ihm. Ragt weit aus dem Fenster. Fast in der Luft stehend. Nur leise hin und her schlagend in der Bewegung des Windes wie eine Fahne. Steif in den aufklärenden Morgen flatternd.
Der Mann ergreift seinen Koffer. Springt die Treppen herunter. Läuft durch den unter den Bahngleisen hindurchführenden Tunnel. Überquert den Bahnhofsvorplatz. Steht vor dem Haus.

Als er an der Mauer hochblickt, ist der Arm verschwunden. Alle Fenster geschlossen. Er entdeckt an der Wand ein Schild mit der Aufschrift *Bahnhofshotel*. Er sucht den Eingang, der liegt seitwärts. Die Tür ist nur angelehnt. Sie klappt in seinem Rücken, als er ins Haus tritt. Ein Kellner schlurft, einen Besen in der Hand, verschlafen heran. Auf der Theke stapeln sich schmutzige Gläser. In der Luft hängt noch der Geruch der letzten Nacht. Eine Mischung aus Bier, Rauch und verschwitzten Leibern.
Ob er die Absicht habe, das Zimmer nur für den Tag zu mieten. Oder gleich bis zum nächsten Morgen? Fragt der Gehilfe, mürrisch, ohne aufzublicken.
Es scheint, der Mann weiß keine Antwort. Unschlüssig setzt er den Koffer ab. Nimmt ihn wieder auf. Wechselt ihn von Hand zu Hand. Schließlich mietet er das Zimmer auch für die Nacht. Der Kellner reicht ihm den Schlüssel. Einen einfachen Schlüssel ohne Nummernschild. Er führt ihn durch die dämmrige, staubige Wirtsstube zu einem Hinterausgang. Er zeigt ihm eine Stiege, sie führt nach oben. *Und dann die zweite Tür rechts.*
An den Türen gibt es keine Zimmernummern. Es sieht so aus, als sei dies Haus kein richtiges Hotel. Eine Kneipe mit zwei, drei notdürftig ausgestatteten Zimmern für einen zufälligen Gast. Als er das Zimmer betritt, gefällt es ihm. Aus Gründen, aus denen ein anderer es abgelehnt hätte. In einer dunklen Zimmerecke türmt sich Gerümpel bis unter die Decke. Alter

Hausrat, zusammengeschoben und übereinandergeworfen wie in einer Abstellkammer. Man erkennt ein paar Sessel, aus denen im Sitz graues Werg quillt. Einen zersplitterten Schaukelstuhl. Einen Rauchtisch mit zersprungener Marmorplatte. Ein paar staubige Decken und Schachteln mit Werkzeug in einem alten Büroschrank. Unter der Dachschräge steht in einer Nische das Bett. Gegenüber das Fenster, das über dem Bahnhofsplatz liegt.

Er fällt in Schlaf. Fast sofort, als er sich hinlegt, als er sich unter den eiskalten Decken ausstreckt. Ab und zu schreckt er hoch und sieht im Fenster die Tageszeiten wechseln. Ein nebliger Himmel am Morgen. Ein helleres Grau am Nachmittag. Von der Straße dringt Stille herauf. Einmal ein Kinderruf. Und dann die Schwärze der Nacht. Ein Windstoß hat später das Fenster geöffnet. Durch den Spalt, aus der Tiefe der Straße, hallt plötzlich das Geräusch eilig durch die Nacht laufender Schritte.

Der Gehilfe steckt den Kopf ins Zimmer. Die Hand auf der Klinke, hat er die Tür eben nur einen Spalt aufgedrückt. Er fragt in Eile, ob man das Zimmer noch weiter behalten wolle. Im anderen Fall müsse es bis elf Uhr geräumt sein. Es ist schon der andere Morgen, und unter dem Fenster braust ununterbrochen der Verkehr hinweg. Ein Verkehr, als befände man sich inmitten einer Großstadt. Es ist aber nur ein kleiner Pro-

vinzort. Da hat der Mann schon geantwortet, er bleibe noch. Einige Tage vielleicht. Ohne Zögern scheint er sich diesmal entschlossen zu haben.
Der Gehilfe zieht sich zurück. Der Mann wirft die Decken ab und tritt ans Fenster. Seitlich vor dem Haus ist eine weitangelegte Straßenkreuzung – gerade sticht ein Sonnenstrahl durch den Nebel über dem Ort –, die lag am Tag zuvor ganz ausgestorben. Eine Hauptstraße mündet an dieser Stelle in eine durch das Stadtinnere geleitete Durchgangsstraße, daher der Lärm. Es ist Wochenbeginn. Die Straßen sind schon verstopft. Er streckt den Oberkörper weit aus dem Fenster. Wendet den Kopf. Läßt den Blick über die Hauswand gleiten. Von Fenster zu Fenster.
Am Waschbecken neben dem Fenster rasiert er sich. Aus dem Kran fließt nur kaltes Wasser. Das spritzt auf die Holzbohlen und auf die nackte, fröstelnde Haut.
In der leeren Wirtsstube setzt sich der Mann an einen Tisch in der Ecke. Da fällt ihm ein, daß er ein Telephon braucht. Ein Anruf in der Versicherungsgesellschaft, für die er arbeitet. Eine Krankmeldung, wenigstens für einen Tag. Er fragt ein junges Mädchen, das im Hintergrund, mit Eimer, Scheuertuch und Schrubber hantierend, den Boden wischt, ob er hier telephonieren könne. Ohne in der Bewegung des Wischens innezuhalten, sich aus der gebückten Haltung aufzurichten und ihm ihr Gesicht zuzuwenden, weist das Mädchen mit dem Daumen über die Schulter in Richtung der

hinteren Schwingtür. Es hat die Ärmel der Kittelschürze bis über die Ellbogen hochgerollt. Man sieht das Stück eines nackten Arms (der andere bleibt im Schatten) mit dem Schrubber hin und her fahren. Man sieht das graue, schuppige Fleisch des Arms. Und darunter die rote, nasse, von der Lauge aufgeweichte Hand.

Am Abend sitzt der Mann noch am gleichen Ort. In der gleichen Ecke. Am gleichen Tisch. Er hat die Zimmerrechnung für vier Tage bezahlt. Niemand belästigt ihn. Es ist Montag, Ruhetag in der Kneipe. Später, am Nachmittag, hat der Wirt einige Freunde durch die Hintertür eingelassen. Sie haben sich an einen runden, mit grünem Filz bezogenen Tisch gesetzt und spielen, unter einer funzligen Birne, Poker und Skat. Minutenlang herrscht Schweigen in der Runde. Die vorgezogenen dichten Vorhänge dämpfen die Geräusche von der Straße. Dann wieder unterbricht einer die stumme Beschäftigung ihrer Finger und knallt einen Stoß Karten auf den Tisch.
Einmal hat einer den Mann in der Ecke bemerkt. Er trinkt Bier wie sie und hält eine aufgeschlagene Zeitung vors Gesicht. Was will der denn hier, fragt er den Wirt. Sie rücken näher zusammen. Die rotglänzenden Gesichter unter der Birne zusammengedrängt.
Niemand könnte sagen, aus welchem Grund der Mann hier abgestiegen ist. Am nächsten Morgen, als er zum ersten Mal ausgeht, sieht er eher so aus wie jemand,

der keinen Grund hat. Er beobachtet, wie die Leute im Dunkeln aufstehen. Hin und her gehen in den Zimmern ihrer Neubauwohnungen. Versunken in ihre täglichen Verrichtungen. Eingeschlossen im kalten Rand der Lichtkegel von der Decke.
Später – das weite Areal des Busbahnhofs in der Ortsmitte. Zwischen den Stoßzeiten liegt es verödet da. Nur feuchte braune Herbstblätter, versprenkelt über den regennassen Platz, in dem sich die Wolken spiegeln. Wolken mit seifigen Rändern und ein fedriges Stück aufgerissenen Himmels.
Er geht durch eine abgezirkelte Grünanlage. Durch eine verlassene Fußgängerzone mit Warenhäusern und abgestellten Springbrunnen und Läden mit Strickmodellen für Damen mittleren Alters. Die Stadt ist leer. Die meisten Einwohner sind in die nächstgrößere Stadt zur Arbeit gefahren.
Der Mann geht bis zu den Hochhaussiedlungen am Ende der Stadt. Nirgends begegnet er einem Menschen.

Später sieht man ihn einen Versuch unternehmen, mit jemandem in Verbindung zu treten. Als er in den Gasthof zurückkehrt, scheint ihm einzufallen, daß er etwas vergessen hat. Er eilt durch die überfüllte Gaststube durch die Schwingtür. Neben dem Stiegenaufgang ist an der Wand ein öffentlicher Fernsprechapparat angebracht. Es ist eiskalt in diesem kleinen Flurstück. Es

zieht durch die Tür zum Hof. Aus der Küche nebenan klappern Töpfe und Besteck. Als er jetzt mit der Person am anderen Ende der Leitung spricht, dringt durch die Schwingtür das Schmatzen der Gäste zwischen seine Worte. Am Morgen fiel ihm beim Ankleiden aus der Innentasche seiner Jacke ein Photo entgegen. Lag, mit dem Gesicht nach oben, auf dem nackten Holzboden. Lächelte von da unten herauf. Ein Mädchengesicht. Vermutlich ist sie es, mit der er spricht. Den Finger ins Ohr gestopft, in den Hörer rufend, versucht er zu erklären, daß er noch nicht zurückkommt. Beschwörend – noch nicht, später. Aus dem Hörer dringt eine Stimme. Man hört den Ärger. Anschwellend das Wehklagen und Jammern mit jedem Satz. Dann wieder diesen alles übertrumpfenden Ärger. Sich dehnend, den engen Flurraum ausfüllend. Schließlich quillt das Lärmen der schmatzenden schluckenden schnaufenden Gäste auf wie ein vollgefressener Bauch. Kaum noch ist die andere Stimme zu verstehen. Doch er spricht nicht lauter. Als ob er befürchte, daß seine Worte belauscht werden. Daß, gleich nebenan hinter der Küchentür, hinter der Schwingtür zur Gaststube, die Leute auf der Lauer liegen. Die Tür geht auf. Ein Gast schlurft zu den rückwärts gelegenen Toiletten. Da hängt er auf.
Fast augenblicklich senkt sich der Lärm in der Gaststube. Leise sprechend fahren die Gäste zu essen fort. Doch als er, mit einer unbedachten Geste die Schwingtür aufstoßend, zum Tresen geht, um ein Bier zu be-

stellen, heben alle die Köpfe von ihren Tellern. Starren ihn an mit ausdruckslosen, gesättigten Augen. Er beginnt den Rückzug.

Von nun an findet er sich nur noch zum Schlafen im Gasthof ein. Am anderen Tag hat er einen Ort gefunden, an dem er sich wohlfühlt. Ein Café, in einer Ecke des Marktplatzes gelegen. Ein paar Holzstühle stehen herum. Ein paar Tische. Erblindete Spiegel.
Stundenlang sitzt er dort. Er blickt durch die Fenster, die bis zur Erde reichen, auf den Platz. Einmal sieht sich ein Paar nach ihm um. Die einzigen Gäste außer ihm, in dem tagsüber meist verlassenen Café. Es scheint wie verwundert über sein regloses Hocken dort. Das Mädchen flüstert etwas zu ihrem Begleiter. Doch vermutlich irrt sie sich. Wenn überhaupt etwas von dem Mann ausgeht, dann ist es nichts, worüber zu flüstern sich lohnte. Die zwei haben sich von ihren Plätzen erhoben. Sie tanzen in dem leeren Café zwischen den Tischen. Ein trauriges Paar. Sie drücken sich leicht aneinander, im Tageslicht dieses Morgens. In den blinden Spiegeln erscheint verschwommen ihr Bild. Die Hände, die sich berühren. Aus dem Musikautomaten walzt ein Lied. Vorne, vor dem Fenster, die Gestalt des Mannes vor einem abgestandenen Bier.

Zwei Wochen später sieht er die Frau in dem roten Kleid zum ersten Mal. Abends füllt sich das Café. Die hinteren Zimmer werden aufgeschlossen. Dort stehen Billardtische. Die altmodischen Lüster an der Decke werden angedreht. Durch die dichten Rauchschwaden dringt das Klicken der Billardkugeln, Musik.

Der Mann sitzt an einem Tisch gleich neben dem Eingang und blickt hinaus.

In seiner Schläfe pocht noch immer der Schmerz. Er begann in der Nacht zuvor. Er ist aufgewacht, schweißnaß und fiebrig fröstelnd. Er lag in der Dunkelheit. In seiner Schläfe der Schmerz. Beißend, kneifend, stechend. Zog sich zusammen auf einen einzigen Punkt über der rechten Braue. Stieß heraus aus der Haut. Als bohre sich aus dem sich öffnenden weichen Knochen ein Stumpf heraus.

Der Morgen brach an. Er tastete sich zum Waschbecken. Starrte sein Spiegelbild an. Schräg über die rechte Stirnhälfte zog sich ein hellroter Placken mit Blasen und Knoten. Darunter fühlte er eine hart sich wölbende Masse.

Der Arzt zog ein Vergrößerungsglas hervor. Inzwischen war die Gesichtshälfte angeschwollen. Das Auge verklebt. Beugte sich über ihn. Als er aufblickte, sah er ein Auge, eingefroren im Glas. Er wand sich und wollte fort. Doch der Arzt legte ihm die Hand auf die Schulter. Er gab ihm eine Salbe. Er schickte ihn ins Wartezimmer zurück. Dort sollte er bleiben, bis man ihn wieder aufrufe.

Eine Praxis mit verschachtelten Zimmern und altmodischem Inventar. Eine einzige Schwester versorgte die Kranken. Es waren so viele, daß sie in dem engen Wartezimmer nicht alle Platz fanden. Auf dem Flur standen sie Schlange. Als er sich eingereiht hatte unter die Wartenden, sah er, daß es Greise waren, die hier herumstanden. Leute mit Krückstöcken und Verbänden. Mit unsicheren Händen und zitternden Köpfen. Männer, die rochen, als hätten sie schwache Blasen. Die mit Verbänden waren noch die besten. Denn ihre Krankheit war darunter verborgen. Es gab andere, Brandwunden im Gesicht, vereiterte Augen, pilzbefallene Schädel mit ausgefallenem Haar. Aus einem Nagel wuchs wildes Fleisch. In der Innenfläche einer Hand saß knorpelig violett ein Ast von Geschwulsten.

Er hat eine Spritze bekommen. Zum ersten Mal ist er wieder bei Tag in den Gasthof gegangen und hat sich zu Bett gelegt. Eine schöne Unterkunft. Nachts die Stille der Provinz. Bis auf die Schritte, die manchmal plötzlich über das Pflaster hallen. Und tagsüber ununterbrochen der Lärm des Verkehrs an der Kreuzung. Er lag. Geschützt inmitten all der Geräusche.

Am Abend sitzt er im Café. Es ist, wie gesagt, der Abend, an dem er die Frau zum ersten Mal sieht. Auf der anderen Straßenseite erscheint, in einem Hauseingang, eine Gestalt in einem roten Kleid. Sie bleibt dort auf den Stufen. Steht reglos, das Gesicht zum nächtlichen Himmel gewandt. Der Mann begehrt sie augenblicklich. Schön scheint ihm ihr regloses Gesicht.

Ihr nackter Arm, dessen helle Haut aus dem roten Stoff des Ärmels leuchtet. Doch er besitzt kaum noch Geld. Wöchentlich hat er die Rechnung im Gasthof begleichen müssen. So bleibt er auf seinem Platz sitzen und sieht sie an, Abend für Abend.

Gleich in den ersten Tagen nach seiner Ankunft hat er in einer der ausgestorbenen Vorortstraßen ein Schild in einem Schaufenster entdeckt. *Aushilfe gesucht*. Es hängt noch da, als er wieder hingeht. Als er näher herantritt, sieht er, daß hier Elektrowaren verkauft werden. Gerade macht eine Hand sich im Schaufenster zu schaffen. Rückt Preisschilder hin und her. Ein hantierender Arm neben den Waren. Die Gestalt, zu der er gehört, ist nicht zu erkennen. Vermutlich wird ein Verkäufer gesucht. Seine Hand liegt schon auf der Klinke.
Er betritt den Laden. Innen ist niemand zu sehen. Der Raum liegt im Halbdunkel. Von den Wänden strömt der stechende Geruch von Metall und Staub. Geruch von Nägeln in Pappkartons. Von Schraubenziehern und Drahtrollen und Zangen. Geruch von Ladenhütern. Verstaubte Regale ziehen sich bis unter die Decke. Zum Bersten gefüllt mit fleckigen Kartons und Schächtelchen. Dazwischen Schubladen mit aufgeklebten beschrifteten Schildchen. Auf den Theken sind Toastapparate, Handrührer und anderes Haushaltsgerät aufgebaut. Der Mann sieht, daß alle längst veraltete Modelle sind.

Aus einem Hinterzimmer schleicht nun der Besitzer heran. Führt ihn mit sich nach hinten. Unterzieht ihn dort einer genauen Prüfung. Je länger er prüft, desto lächerlicher erscheint dem Mann dies Befragen. Schließlich ist deutlich zu sehen, daß seit Jahren kein Käufer mehr dieses Geschäft betrat. Diese umständliche und inquisitorische Prozedur des Prüfens ist eine einzige Farce. Denn ein Verkäufer wird hier gar nicht gebraucht. Dennoch erklärt der Besitzer, man werde ihn benachrichtigen. Wenn die anderen Bewerber durchsichtet. Wenn die Wahl auf ihn gefallen sei.

Zunächst versetzt der Mann seine goldene Uhr. Das ist nicht einfach. Er muß zu diesem Zweck eigens in die nächstgrößere Stadt fahren. Dort sucht er eine Pfandleihanstalt auf. Doch er kommt gerade rechtzeitig zurück, um seinen Posten im Café zu beziehen. Als die Tür des Autobusses, aus dem er ausgestiegen ist, sich zischend hinter ihm schließt, bricht gerade die Dämmerung herein, mit einem schwefelgelben Spalt über den Dächern.

Kaum hat er sich an seinem Tisch niedergelassen, erscheint schon die Frau auf den Stufen. Der Betrieb in den Billardzimmern ist noch nicht angelaufen. Niemals, so scheint ihm, hat ihr Kleid so schön und rot aus dem Türrahmen geleuchtet. Nie war ihr Gesicht so reglos in der Nacht. Er tastet nach dem Geld in seiner Tasche. Da hat sie sich aus dem Eingang gelöst. Geht ein paar Schritte vor der Hauswand auf und ab.

Wie sie so geht, breitet sich hinter ihr der lichtlose Schlauch der Straße aus. Wie sie so geht, verschluckt eine Schlucht von Dunkelheit alles, was hinter ihr liegt. Das erinnert an jenen Augenblick, als die Photographie des Mädchens, an einem der ersten Vormittage hier im Ort, aus der Innentasche der Jacke fiel. Sich leise drehend zu Boden segelte. Wie ein Schnitt war dieser langsame Fall. Trennte etwas ab und ließ es verschwinden in einem schwarzen Abschnitt der Zeit. In einem unbeleuchteten Abschnitt der Straße.
Langsam schiebt er den Stuhl zurück. Geht durch die Tür. Überquert die regennasse, schwarzglänzende Straße. Spricht sie an. Sie betritt mit ihm das Haus, in dem sie Abend für Abend mit anderen verschwand. Steigt vor ihm eine enge, mit buntem Teppich bespannte Treppe hoch.
Oben, in einem der vielen Zimmer, legt sie sich auf das Bett. Vollständig angezogen. In ihrem roten Kleid zur Decke starrend. Lange liegen sie schweigsam nebeneinander. Später dreht sie sich zu ihm um. Blickt ihn an, berührt seine Wunde. Eine Berührung von unendlicher Leichtigkeit. Der Schrei bleibt ihm im Hals stecken. Es kommt der Augenblick der Betäubung. Während er langsam das Bewußtsein verliert, sind es keine Menschen, die auftauchen aus dem Vergessen. Sondern es ist das Bild eines einzigen Dings.
Es ist das Bild des Vorhangs am Fenster in einem der Zimmer, in denen er gewohnt hat. Während jener

Momente, wenn der Wind durch den Fensterspalt fuhr und ihn aufblähte. Es ist die Bewegung im Aufbauschen, Aufflattern und Zusammensacken. Es ist der leichte Stoff, jedem Windstoß nachgebend, fast durchsichtig und wunderbar luftig. Und dahinter das zitternde Spiel der letzten Blätter an den Bäumen. Welke Scherben im Fenster.

Jetzt erkennt er auch den Koffer. Vielleicht erscheint es ihm merkwürdig, daß er sich nur dieser Dinge erinnert. Den Koffer, der an einem frühen Novembermorgen am Rand des Bahnsteigs steht. In diesem Moment sieht er durch die reifbedeckte, verlassene Landschaft den Zug sich nähern, auf den er gewartet hat. Er erhebt sich von der Bank, auf der er gesessen hat. Zieht die Hände aus den Manteltaschen. Reibt sich die steifgefrorenen Finger. In dem großen Haus, jenseits der Bahngleise, öffnet sich ein Fenster. Herausgestreckt erscheint ein Arm. Und winkt langsam in der kalten Morgenluft über den leeren Platz.

# Das Treibhaus

Ein Geräusch, als werde der Schlüssel in der Tür von außen herumgedreht. Wir saßen gerade beim Tee. Als werfe jemand den Schlüssel weg. Ein Klirren, als fiele er auf die Steine vor dem Fenster.
Sie war, wie immer um diese Tageszeit, in einen ihrer Kataloge versunken. Sie hob nicht einmal den Kopf. Ich hörte nur, wie sie sagte, es wäre kein wirkliches Unglück. Das Wetter ist dieses Jahr ohnehin zu schlecht. Nichts gedeiht bei diesem anhaltenden Regen. Ich werde eben in Töpfen, auf der Fensterbank pflanzen. Heute morgen ist eine neue Sendung gekommen, die hole ich gleich aus dem Keller.
Wir hätten es ebensogut lassen können. Das gemeinsame Teetrinken am Nachmittag. Vorausgesetzt, der Sinn solcher häuslichen Gewohnheiten ist das Sprechen. Wir aber wechselten dabei kaum ein paar Sätze. Die einzige Bemerkung, die fiel, die sich regelmäßig wiederholte, war die über den Kalk im Leitungswasser. Er schwamm, abgelagert als graue Schicht, im Tee. Trotzdem liebte ich unser schweigsames Zusammensitzen. Wie ich überhaupt ihre Art schätzte, niemals zu stören.

Ich saß auf dem Sofa. Auf den Knien die Tageszeitung, in der Hand die Pfeife. Wenn der Winter begann, war um diese Tageszeit schon das Feuer im Kamin angezündet. Vor dem Fenster lagen die Felder im ersten Frost. Weiße Flächen von Reif, Nebel und Dämmerung.

Ich rauchte, ich blickte ins Feuer. Wenn die Seiten des Katalogs beim Umblättern raschelten, erinnerte ich mich, daß noch jemand anwesend war. Sie verschwand, mit hochgezogenen Beinen, in dem tiefen Sessel, den wir von meiner Mutter geerbt haben. Sie blätterte in einem Katalog. Sie aß von den Plätzchen, die niemand außer ihr anrührte. Denn wir bekamen schon lange keinen Besuch mehr. Jede Woche wurden Schalen und Blechdosen mit frischem Gebäck gefüllt. Jede Woche der gleiche Aufwand, von Stunden. Sie knetet den Teig, sticht ihn aus, schiebt die Bleche in den Herd, rührt Zitronenguß glatt, Glasur aus Früchten und Schokolade. Ich mischte mich nicht ein. Ich hätte sagen können, kauf eine Schachtel mit fertigem Gebäck. Für wen diese umständliche Herstellung. Kein Mensch hat heute mehr Zeit dazu.

Aber ich sagte nichts. Es war typisch für sie. Sie schien kein Gefühl zu haben für Zeit. Sie sagte: neulich, und meinte ein Ereignis, das ein Jahr zurücklag. Sie schien aus der Zeit gefallen. Sie vergeudete sie, mit Tätigkeiten, die längst überflüssig geworden waren.

Immer war sie beschäftigt. Seit ich sie kenne, hat das

Blättern in Blumenkatalogen zu ihrem Leben gehört. Auch das dauerte Stunden. Sie muß sie immer wieder gelesen haben. Die alten Nummern stapelten sich, seit Jahren gesammelt, unter dem Bett, unter dem Sessel in ihrem Zimmer. Herausgerissene Seiten, ein ausgeschnittener Artikel steckten an ihrem Spiegel, zwischen ihren Nähsachen. Ich wußte, daß sie sogar nachts, wenn sie bereits im Bett lag, darin las. Wenn ich durch das Haus ging und sah, daß sie irgendwo kauerte, mit einem Heft, mit einem Klumpen Teig in der Hand, hatte ich den Verdacht, daß all diese Beschäftigungen nur eine andere Art des Nichtstuns waren.

Aber ich mischte mich niemals ein. Ich saß, während des Tages, im oberen Stockwerk. Hier waren die Bücher, der Schreibtisch, das Zimmer, in dem ich an meinen Übersetzungen arbeitete. Ab und zu verirrte sich ein Vogel und flog gegen die Scheibe. Der Aufprall war das einzige Geräusch, das mich hier oben störte. Das Haus lag lautlos. Sie huschte herum und kochte das Mittagessen. An schönen Tagen arbeitete sie im Garten. Dann hörte ich, von weitem, gedämpft durch die Fensterscheibe, das gleichmäßige Schnappen der Gartenschere, wenn sie die Hecke schnitt.

Einmal sah ich ihre Hände. Sie tauchten auf aus dem dichten Laub des Jasminbuschs. Breite Hände mit kurzen Nägeln. Ich war aufgestanden, ich war ans geschlossene Fenster getreten. Ich dachte: der Geruch von frischgeschnittenem Laub. Ich überlegte, ob ich das Fenster einen Augenblick öffnen sollte, wegen dieses Geruchs. Da war es, als hielte man ein Negativ gegen das Licht. Ich kniff die Augen zusammen, geblendet vom Widerschein aus dem Garten. Dunkle Flächen, abgegrenzt nur an den Umrissen mit metallisch blinkender Linie. Ich sah die Hände, sie hielten einen Grabstichel, eine Hacke. Sie gruben ein Loch unter dem Busch. Sie lockerten Erde. Sie setzen eine Knolle in die Vertiefung. Ich sah die kräftige Linie ihres Daumens, der den Stichel in den Boden drückte. Da löste sich, gegen das Licht gehalten, etwas heraus aus dem Bild. Etwas, das vorher nicht dagewesen war. Das unsichtbar gewesen war in dem Bild von Stille und Grün, und nun herausfiel, wie ein im Flug getroffener Vogel aus dem Himmel.

Noch am selben Nachmittag holte sie Töpfe in verschiedenen Größen aus dem Keller. Es war Nacht, als sie fertig war. Stück für Stück hatte sie die Töpfe mit Erde gefüllt. Hatte Knollen von Dahlien gesetzt. Hatte junge Rosenstöcke eingegraben. Sie waren noch kahl, die Zweige auf zwei oder vier Augen zurückgeschnitten.

Einige Zeit später kamen die ersten rötlichen Blattspitzen. Dann die Blüten. Ein schwacher Duft hing in den Zimmern.

Ich wußte, sie hatte nun, ohne Unterbrechung während des ganzen Jahres, eine Beschäftigung. Unabhängig vom Wechsel der Jahreszeiten. An den Abenden kam ich die Treppe herunter. Wir setzten uns zum Essen an den Tisch vor dem Spiegel. Manchmal fiel mir dann plötzlich auf, wie rasch die Pflanzen gewachsen waren. Es gab nur eins, das sie beunruhigte. Einige der Blüten wechselten im Aufblühen die Farbe – das Weiß, das sie ausschließlich gewählt hatte, schlug um, dunkelte nach. Zeigte Streifen von schmutzigem Belag. Sie versuchte, hinter die Ursache dieser Abweichung zu kommen, vergeblich.

– Was willst du, sagte ich, wenn sie darüber klagte. Vermutlich ist es kein Zeichen von Krankheit, sondern das Gegenteil. Die Natur macht, was sie will, sie entzieht sich, sie ist lebendig.

Das Haus war geräumig genug für uns zwei. Wenn ich das Bedürfnis nach frischer Luft verspürte, konnte ich immer das Fenster in meinem Zimmer öffnen. Meist war es bereits gegen Abend, wenn ich dort stand und einatmete, bis ich zu frieren begann. Geräusche drangen nur schwach, aus weiter Ferne, herüber. Ein Auto, ein Zug, eine Kirchenglocke. Zu sehen war nichts davon. In der Tiefe lag der Garten. Der Garten verkam. Unkraut und Gestrüpp. Der Komposthaufen schwoll an. Der Einfall des Lichts wurde schwächer. Der Garten verschwand. Er wurde unwirklich, wie alle Dinge, an denen man das Interesse verloren hat.

Im Haus aber wuchsen die Pflanzen. Im Anfang hatten

sie genug Raum vor dem großen Fenster zum Fluß. Dann aber hatten sie sich immer weiter verschlungen und ausgebreitet. Wandtische, Kommoden, Konsolen wurden benötigt, um die Töpfe in genügendem Abstand voneinander aufzustellen. Die Ranken waren an den Wänden hochgebunden. Die Stämme, die sich unter der Last der ausschlagenden Triebe krümmten, waren mit dünnen Stäben aus Rohr abgestützt.

Umständlich und gewissenhaft kümmerte sie sich um die Pflege der Pflanzen, wie um alle überflüssigen Dinge. Die einzige Schwierigkeit schien darin zu liegen, genügend Regenwasser zu sammeln. Es regnete wenig in jener Zeit. Auf dem Sims vor ihrem Fenster waren unzählige Gefäße aufgestellt. Morgens holte sie sie zu sich ins Zimmer. Füllte das angesammelte Wasser in eine Kanne. Damit versorgte sie die Pflanzen.

Das Haus war geräumig genug für uns. Wir gingen nicht mehr aus. Wir verwandten alle Zeit darauf, uns unseren Beschäftigungen im Haus zu widmen. Trotzdem fühlten wir uns nicht eingeschlossen. Lästig war nur, daß das dichter und dichter werdende Laub die Zimmer verdunkelte. Doch es schien, als arbeitete sie gern in dem dämmrigen Licht. In der Küche drängte sich das Blattwerk vor dem Fenster, auf dem Wandtisch wie ein Vorhang. Man mußte es zur Seite schieben, um an Zucker, Salz, an den Tee im Wandfach zu gelangen. Auch das schien sie nicht zu stören. Manchmal, wenn ich den Kopf durch die Tür steckte, sah ich, wie ein

Insekt aus dem Laub in eine Handvoll frisch geriebenen Käses auf die Tischplatte fiel. Manchmal meinte ich, eingestockt im Forellenaspik ein ähnliches Insekt zu entdecken. Doch keiner von uns verlor eine Bemerkung darüber. Sie verrichtete ihre Arbeit im Haus wie immer, und ich war froh, daß sie es tat, ohne durch ein Geräusch zu stören.
Nur ab und zu beunruhigte mich der Gedanke, daß der Zeitpunkt nicht mehr fern sein könne, an dem die Pflanzen im Erdgeschoß nicht mehr genügend Platz hätten. An dem sie sich im oberen Stockwerk ausbreiteten.

Das Zimmer im unteren Stockwerk war fast ein Saal. Ebenerdig. Glastüren zur Terrasse, zum Fluß. Glastüren, die in den Scharnieren klemmten. Sich nur mit Gewalt noch öffnen ließen.
Am Ende des Raums der Kamin. Die Sessel, das Sofa. Dort tranken wir Tee. Am anderen Ende der lange Tisch, an dem wir aßen. Über dem Tisch der Lüster, der dort hing, solange ich denken konnte. Manchmal schwankte er ein wenig im Luftzug, der aus der Küche kam. An der Wand hinter dem Tisch hing der große Spiegel.
An jenem Abend war ich die Treppe heruntergekommen. Ein letzter Streifen Sonne lag auf dem Boden. Ich setzte mich an den Tisch. Sie zerteilte gerade das Omelette. Das Gelb platzte auf wie eine Naht. Der Dampf quoll heraus.

Ich sah zufällig auf: plötzlich füllte das Laub das ganze Spiegelbild aus. Der Spiegel war aus der Wand geschnitten wie ein Stück dichtgewachsener Hecke. Lebendig und verglast zugleich.
Sie setzte sich auf ihren Stuhl an der Wandseite und war mitten in dem Bild. Mitten im Laub, das reglos aus dem Glas starrte. Sie reichte mir den gefüllten Teller, sie begann zu essen.
Später dachte ich, daß es dieser Augenblick war, an dem mir der Widerspruch zum ersten Mal auffiel. Vielleicht war es auch im Traum, kurz danach. Denn der Eindruck war so, wie man im Traum eine Wahrheit plötzlich erhascht im flüchtigen Bild. Während das nächste sich schon darüberschiebt.
Nie zuvor war mir der Gegensatz zwischen der Geschäftigkeit ihrer Hände und dem Ausdruck ihres Gesichts aufgefallen. Hände, die die Seiten umblätterten, die pflanzten, die Teig kneteten. Das Gesicht – vielleicht hatte ich es nie angesehen. Ich wußte nicht, ob es schön war. Immer war es verschwunden. Abgetaucht in die Tiefe des Sessels, in das Gestrüpp der Büsche, zwischen die Seiten ihrer Lektüre.
Sie hatte die Augen niedergeschlagen. Sie aß, abwesend. Dann blickte sie auf, reichte mir den Pfeffer. Da sah ich eine Sekunde ein versteinertes Gesicht, uralt, mit blicklosen Augen.

Von da an verlor ihre Schweigsamkeit für mich alles Selbstverständliche. Sie löste sich auf. War etwas Ungewisses, das mich beunruhigte. Sie war nicht länger, wofür ich sie immer gehalten hatte: Zeichen von Einverständnis, von der stillschweigenden Verabredung, uns gegenseitig nicht im Weg zu stehen.
Ich halte nichts von zu viel Nähe. Ein glückliches Paar, im Zusammenleben, ist nichts anderes als Egoismus zu zweit. Aber wir waren nicht mehr zu zweit. Da war Begehren gewesen, nach etwas anderem. Und dann breiteten die Pflanzen sich mehr und mehr aus.
Manchmal hörte ich jetzt durch die Türen ein Winseln. Wir schliefen im oberen Stockwerk, in zwei gegenüberliegenden Zimmern am Ende des Gangs. In der Nacht knackten die Bohlen. Durch die Ritzen unter den Türen fiel Licht in den dunklen Gang.
In einer Nacht sah ich durch das Schlüsselloch ihre Hände. Sie lagen auf dem Weiß des Bettlakens. Rot, verschrumpelt, zu Fäusten geballt. Geklammert um ein zerknülltes Taschentuch. Kräftige Hände, beim Rupfen und Graben. Plötzlich zusammengeschrumpft wie verweinte Kinderköpfe, rot angelaufen vom angehaltenen Schrei.

Dann kam die Zeit, in der die Blätter braun verfärbt von den Stöcken herabhingen.
Sie glaubte, was ihnen fehle, sei frische Luft. Sie riß die Fenster auf, sie ließ sie offenstehen. Im ganzen Haus

herrschte nun ständiger Durchzug. Vom Garten, vom Fluß drang die Kälte ein. Nur in meinem Zimmer saß ich noch bei geschlossenen Fenstern. Ich ging nicht mehr nach unten. Zu den gewohnten Zeiten öffnete sie, in Mantel und Kopftuch gehüllt, die Tür zu meinem Zimmer. Sie schob mir die Mahlzeiten auf einem Tablett herein.

Es schien aber so, als hätte ihr Versuch, die Pflanzen zu retten, keinen Erfolg. Immer häufiger und dringlicher hörte ich in meinen vier Wänden von ferne ein Klappern von Ton und Messing. Als würden ihre Bewegungen von Mal zu Mal hastiger und fahriger, wenn sie das Regenwasser aus den Gefäßen auf ihrem Fenstersims umfüllte in eine Kanne.

Einmal schien das Geklapper nicht enden zu wollen. Dann ein Geräusch wie von Zerbrechendem, Splitterndem, Klirrendem. Da stand ich auf und öffnete die Tür. Der Gang war leer. Die Tür gegenüber stand einen Spalt breit offen. Ich verließ mein Zimmer, ich ging hinüber.

Zwischen den Wänden ein eisiger Wind. Die Fenster standen weit aufgerissen. Einzelne Scherben waren im Zimmer verstreut. Ich beugte mich aus dem Fenster. Die Tongefäße auf dem Sims waren verschwunden. Weggefegt, wie von einer gewaltsamen Bewegung. In der Tiefe unter dem Fenster der Fluß. Ein Busch wuchs an der Mauer empor. Scherben tanzten auf dem Wasser. Wurden weggetragen mit reißender Schnelligkeit.

# III

# Das gläserne Café

# I

»Wir schließen«, sagt der Wirt, »gleich halb drei.«
»Noch einen«, sagt der alte Mann und zeigt auf sein leeres Glas.
Der Wirt kehrt mit einem frischen Glas und der Cognacflasche zurück.
»Bis an den Rand«, sagt der alte Mann. Der Wirt schenkt nach, bis die Flüssigkeit überläuft und auf dem weißen Unterteller eine hellbraune Pfütze bildet.
»Das ist der Letzte«, sagt er. »Ich will das Café schließen, meine Frau wartet seit einer halben Stunde. Morgen ist Samstag, unsere Tochter feiert Polterabend. Wir erwarten eine Menge Gäste, es ist noch viel vorzubereiten, und wir müssen früh raus.«
Er stapelt die Tische übereinander, klappt die Stühle zusammen und trägt sie unter ein seitlich an das Café angebautes Vordach. Der alte Mann nimmt ein paar lose Geldmünzen aus der Jackentasche, legt sie auf den Tisch und wendet sich seinem Glas zu. Vor einer Stunde sind die letzten Gäste vom Nebentisch aufgestanden und gegangen. Kurz darauf ist ein Polizist

auf einem Fahrrad über den Platz gefahren. Seine Gestalt in der flatternden schwarzen Lackpelerine hat die hellerleuchtete Zone vor dem Café durchquert, und der alte Mann hat ihr nachgeblickt, bis sie unter den dichtbelaubten Bäumen am anderen Ende des Platzes verschwand. Seitdem hat sich niemand mehr auf dem Platz blicken lassen. Der alte Mann sitzt da, den Arm aufgestützt und fixiert einen Punkt unter den Bäumen.

»So sitzt er fast jeden Abend da«, sagt der Wirt zu dem jungen Kellner, der die letzten gespülten Gläser abtrocknet und umgedreht ins Wandregal stellt, »abgesehen von Samstag, dann bekommt er Besuch von seiner Tochter.« Er geht durch das Lokal und löscht die Lampen, bis nur noch die lange Neonröhre über der Theke leuchtet.

»Ein Stammgast?« fragt der junge Kellner.

»Er hatte den kleinen Zeitungsladen an der Bushaltestelle vor der Kirche. Seit Anfang des Sommers hat er den Laden verpachtet und sich zur Ruhe gesetzt, und seither sitzt er jede Nacht auf diesem Platz. Früher, sagen die Leute, muß er ein lustiger Typ gewesen sein. Aber dann ist ihm die Frau mit einem Gastarbeiter durchgebrannt, und er saß allein mit seiner kleinen Tochter da.«

Er geht hinter die Theke, öffnet die Kasse und fängt an, die Tageseinnahmen zu zählen. Er ordnet die Geldscheine und stapelt die Münzen zu kleinen Türmen.

»Ich bin erst seit zwei Monaten in dieser Stadt, seitdem

ich das Café hier übernommen habe. Es ist nicht lange genug, um jeden zu kennen, und über den Alten weiß ich nur das, was die Leute, die in mein Café kommen, erzählen. Aber für jemanden, der sein ganzes Leben hier verbracht hat, scheint er verdammt wenig Freunde zu haben. Kaum, daß er mit dem einen oder anderen spricht oder sich zu einem Kartenspiel einladen läßt.«
Er legt das gezählte Geld in eine Stahlkassette und schließt den Deckel.
»Er muß stockbetrunken sein. Aber man merkt ihm nichts an. Er singt nicht, er biedert sich nicht an, und ich habe ihn an keinem Abend eins der Gespräche führen hören, wie sie bei vorgerückter Stunde hier an der Tagesordnung sind. Das ist eins der schwierigsten Dinge, wenn man ein Café betreibt – selbst nüchtern zu sein und jede Nacht die Lebensgeschichten der Gäste anzuhören, in zigfachen Variationen und Ausschmückungen, ohne mit der Wimper zu zucken.«
Der junge Kellner hat die Gläser eingeräumt, geht nach hinten auf den Hof und rollt den Müllcontainer durch das Café auf den Platz. Der alte Mann sitzt so reglos auf seinem Stuhl, den rechten Unterarm auf den Tisch gelegt, das Glas halb geleert, und sein Profil ist so scharf im Halbdunkel herausgearbeitet, daß er den Jungen an das Bild eines alten, allein in der Nacht wachenden Indianerhäuptlings erinnert, das den Deckel eines der Abenteuerromane seiner Schulzeit schmückte.
Er geht wieder ins Café, schließt die Fensterläden und

zieht vor den Fenstern die schweren, verstaubten Vorhänge vor und versperrt die Tür zum Hof.

»Sein Glas ist noch halb voll«, sagt er. Der Wirt trägt die Einnahmen in ein Kontobuch und füllt einen Bestellschein für eine Getränkefirma aus. »Ich mache jetzt Schluß. Ich muß nach oben in meine Wohnung. Es ist zehn vor drei. Er ist alt, ihn erwartet niemand, und deshalb hat er es nicht eilig. Aber ich kann keine Rücksicht darauf nehmen, ich schließe jetzt.«

Er geht zum Hauptschalter. Das Reklameschild vor der Eingangstür verlöscht, und man sieht den alten Mann durch den Ausschnitt der offenstehenden Tür im Schatten sitzen, nur die weiße Kante des Stuhls leuchtet im Dunkeln.

»Ich könnte warten, bis er fertig ist. Ich bin noch nicht müde, und ich habe Zeit. Den Schlüssel bringe ich ihnen dann morgen vorbei.«

Der Wirt zögert, dann nickt er.

»Gut, wie du willst. Aber gib ihm nicht noch einen. Das war der Letzte, und Schluß. Und die Kasse ist schon zu.«

Auf der anderen Seite des Platzes ist das Summen einer Straßenlaterne zu hören. Ihr Licht verschwimmt im Laub der Bäume wie die Unterwasserbeleuchtung in einem Aquarium.

»Es ist der Alte, der mich aufgehalten hat«, sagt der Wirt zu seiner Frau. Sie ist in Morgenrock und Pantoffeln die

Treppe hinuntergekommen, das Haar auf dünne, an den Enden umgeknickte Schaumstoffpapilloten gewickelt.

»Ich möchte wissen, was er den ganzen Abend denkt. Spricht kein Wort, trinkt in aller Ruhe einen Cognac nach dem andern und sitzt wie festgenagelt auf seinem Stuhl.«

Die Frau zieht sich einen hohen Hocker an die Theke. »Ich konnte nicht einschlafen«, sagt sie. Sie zieht aus der Tasche ihres Morgenrocks eine Nagelfeile und beginnt, die Nägel ihrer linken Hand zu feilen. »Bist du mit den Vorbereitungen für morgen abend fertig geworden?«

»Ja, die Band kommt schon am Nachmittag und baut alles auf. Der Bassist ist krank geworden, aber sie haben versprochen, bis morgen Ersatz zu finden.«

Man hört das feine Raspeln der Feile. Die Frau spreizt die fünf Finger ihrer linken Hand ab und begutachtet sie.

»Die Köchin hat mir erzählt, seine Frau habe sich nie mehr in der Stadt blicken lassen. Er selbst hat nicht mehr geheiratet, aber er hat nie mehr von ihr gesprochen und gelebt, als hätte es sie nie gegeben. Er hat seine Mutter zu sich genommen, die auf das Kind aufgepaßt hat, wenn er im Laden war.«

Der Wirt dreht sich zu seiner Frau, nimmt die gefeilte Hand und beißt in die Finger. »Komm, laß uns nach oben gehen.«

Die Frau sitzt aufrecht und rührt sich nicht. Ihr Blick

haftet an der gegenüberliegenden Wand, und die freie Rechte liegt im Schoß. »Kurz bevor sie das Haus verlassen hat, hat sie allen Dahlien im Garten die Köpfe abgeschnitten. Die Dahlien waren seine Lieblingsblumen, er hatte sie selbst gesetzt, und sonntags beschäftigte er sich damit, im Garten zu arbeiten. Stell dir die geköpften Stengel vor, in Reih und Glied, und in wilder Unordnung auf dem Rasen verstreut die flammenden Köpfe.«
Der Wirt nimmt die Geldkassette und öffnet eine Seitentür, die in den Hausflur führt. Die Frau blinzelt einen Moment ins Neonlicht und rutscht dann langsam vom Hocker.

## II

Der junge Kellner hat sich auf den Hocker an der Theke gesetzt, er hat die Neonröhre ausgeschaltet und nur die kleine Birne über dem Waschbecken brennen lassen und raucht eine Zigarette.
*Ich habe Zeit, genug Zeit, um drei Nächte hier zu sitzen. Bei mir zu Hause wartet auch keiner, wie bei dem Alten. »Zu Hause« hört sich gut an. Ist ein möbliertes Zimmer. Aber ich bin froh, diesen Job im Café bekommen zu haben. Fast ein Jahr lang habe ich einen gesucht. Für jemand, der aus dem Ruhrgebiet kommt, ist es schön, hier unten im Süden zu arbeiten. Es ist ein kleines Kaff, aber die Arbeit ist leichter. Gelernt habe ich Autoschlosser. Vorher lag ich*

*den ganzen Tag in den Öllachen unter den Autos, und der Motorlärm in der Werkstatt war nicht zum Aushalten. Der Meister sagte, daß man mit der Zeit dagegen abstumpft. Aber das ist ein Märchen. Man wird halb taub, und bevor es so weit ist, wird man von Tag zu Tag empfindlicher. Dazu kommt der Benzin- und der Teergeruch. Da nützt alles Waschen nichts. Er sitzt in der Haut fest, als hätte er sich dort reinverbissen wie eine Zecke.*

In einer Seitenstraße heult eine Warnanlage auf. Nichts rührt sich, und nach ein paar Sekunden bricht das Heulen schlagartig wieder ab. Der Alte nimmt einen Schluck und murmelt ein paar unverständliche Worte vor sich hin. Eine Katze hat sich unter den Tisch geschlichen und hockt dort mit aufrecht in die Nacht erhobenem Kopf, und ab und zu zuckt ihre weiße Schwanzspitze. Der Alte lockt sie, nach ein paar Sekunden springt sie auf seinen Schoß, und er begrüßt sie wie eine Bekannte.

*Draußen sitzt der Alte. Spricht mit einer Katze. Möchte wissen, was er den ganzen Abend gedacht hat. Denkt er über sein Leben nach? Vielleicht denkt er auch gar nichts. Zu alt, um zusammenhängend zu denken. Oder er denkt an etwas Banales. Eine Tüte Erdnüsse. Seine Prostata. Eine Frau, auf die er scharf ist. Aber vielleicht hat er nach der, die ihm fortgelaufen ist, nie mehr Frauen gehabt. Frauen. Ich hatte eine – ein Mädchen aus dem Friseurladen im Haus meiner Eltern. Annie hieß sie. Sie redete den ganzen Tag über Gewichtsprobleme, aber das störte mich nicht. Sie hatte eine dünne Taille und schönes Haar. Und einen wippenden Gang. Samstags, wenn wir ausgingen, zog sie zwei Petticoats übereinander, die stan-*

den steif vom Körper weg und brachten ihren Gang noch besser zur Geltung.
Manchmal kam sie auf einen Sprung in die Werkstatt. Sie drückte sich ein bißchen bei diesem und jenem herum und flirtete mit dem Meister. Eines Tages erwischte ich sie auf dem Schoß unseres Maschinisten. Sie hatten sich in das Kontrollhäuschen der Waschanlage verdrückt, es war Mittagspause und die Anlage geschlossen. Da war es natürlich aus. Ich habe sie gesehen, und dann habe ich die Bürsten- und Wassermaschinen angestellt – von dem Heidenlärm sind sie aufgeschreckt. Konnte einem schon Furcht einjagen – die riesigen Bürsten, die sich in der Halle durch die Luft drehten. Sie hat natürlich versucht, mich wiederzubekommen. Versuchte es auf jede Weise. Bei mir mit Tränen, und meinen Eltern brachte sie Kuchen. Schließlich bin ich mit ihr rausgefahren, an den Waldrand, wie wir es immer gemacht hatten. Sie dachte, sie würde mich verführen, aber ich dachte, hinterher laß ich sie liegen, und das ist meine Rache. Aber als wir da waren, konnte ich es nicht und merkte, daß ich sie wirklich mochte. Ich merkte auch, daß sie mich auch wirklich mochte, und diesmal waren ihre Tränen echt. Aber es war aus zwischen uns, und ich sah sie nur noch von weitem.
Bald darauf wurde ich entlassen, ich machte dieses und jenes und war froh, als ich diese Stelle hier fand. Wenn ich nicht arbeiten muß, treibe ich mich in der Stadt herum, oder ich lege mich auf die Wiesen am Fluß. Aber die meiste Zeit arbeite ich, und da ist man immer unter Leuten. Deshalb ist es nicht schlimm, daß ich ein schäbiges Zimmer habe. Meine Vermieterin nennt es Souterrain, aber es ist ein Kellerzimmer. Das Klo liegt neben der Waschküche, und wenn ich morgens aufwache, sehe ich die Vögel über den Rasen hüp-

fen. Ich hoffe, die Heizung funktioniert im Winter, die Bettwäsche riecht immer modrig. Aber vielleicht suche ich mir auch ein anderes Zimmer, ein Dachzimmer, ich glaube, ich wohne lieber hoch.
Viertel nach drei, und der Alte sitzt immer noch da. Ich hole mir ein Glas, schenke mir einen Cognac ein, nehme Aschenbecher und Zigaretten und gehe nach draußen.

## III

Die Frau rafft ihr Nachthemd, um nicht zu stolpern, und steigt hinter ihrem Mann die Treppe hinauf. Es ist ein gewohnheitsmäßiges Hinaufsteigen, ein fast müdes Hinaufstolpern, in dem sich hinter der vordergründigen Vertrautheit die Gleichgültigkeit eines langen Ehelebens versteckt. Beide hängen ihren Gedanken nach. Plötzlich verlöscht das Licht im Treppenhaus, die Frau bleibt stehen und tastet nach dem Geländer. Weiter oben hört man den Mann bis zum nächsten Treppenabsatz steigen und nach dem Lichtschalter tasten.
Er sagt, du wirst alt, du wirst dick, du kannst mich nicht verlassen. Aber ich kann. Er will mich kleinhalten und mir Angst einjagen. Er fürchtet, ich könnte dahinter kommen, daß er mich behalten will, und es ausnutzen, deshalb versucht er, mich einzuschüchtern. Die ersten Jahre habe ich es nicht gemerkt, ich fühlte nur, wie ich immer ängstlicher wurde und wie mir das Leben entglitt. Er sagte, er habe mich auf Händen getragen, alle Welt wisse, daß er nie eine andere Frau angesehen habe. Es fing auch einzigartig an, aber ich

glaube, das denkt man immer. Ich erinnere mich an die Kastanienallee am Rheinufer, in der wir uns trafen. Die Kerzen waren prächtig, rosa, fast himbeerfarben. Ich wartete in der Allee, bis er von der Arbeit kam, und dann gingen wir hinunter zum Fluß. Ich war jung, ich hatte Illusionen, ich habe ihm alles geglaubt. Ich glaube noch heute, daß es besser war, ihm alles zu glauben, als es nicht zu tun. Er glaubt, ich kann ihn nicht verlassen. Ich habe Jahre mit seiner Mutter unter einem Dach verbracht, ein halbes Leben, und er hat es mir überlassen, sie zu Tode zu pflegen. Als sie starb, war sie neunundachtzig, eine Greisin, deren unersättliche Lebensgier sich in ihrer Angst ausdrückte zu verhungern, und als ich nach ihrem Tod ihren Schrank öffnete, den sie stets unter Verschluß hielt, entdeckte ich zwischen ihren Kleidern und ihrer Wäsche gestapelte Vorräte, die jeden Winkel ausfüllten, Zuckerpakete, Reis, Nudeln, Mehl, Dosenmilch und Konserven. Als wir sie beerdigt hatten, zog auch Rosa fort, und da merkte ich, daß ich niemanden gehabt hatte als dieses Kind. Ich verbrachte Wochen damit spazierenzugehen. Immer weiter führten mich meine Ausflüge aus der Stadt heraus. Ich dachte, daß uns nichts mehr miteinander verbinde. Und daß das, wovor ich mich fürchtete, längst eingetreten sei. Einmal saß ich in einem Park mit alten Kastanien an einem Teich. Die Zeit der Blüte war längst vorüber, und die ersten Kastanien platzten feucht glänzend aus der stachligen Schale wie meine falschen, über Jahre gehegten Erwartungen. Ich dachte an die rosa Kastanien unseres Anfangs und fühlte, daß ich vollkommen allein war, und wußte nicht, wie lange schon.
Ich ging jedes Mal wieder nach Hause zurück, weil ich nicht wußte, was ich tun sollte. Wir übernahmen das Café und blieben zusammen, und es war eine Flucht nach rückwärts. Ich fing wieder

*an, allein auszugehen, und eines Abends traf ich den alten Mann. Ich glaube, er ist ein Menschenfeind, aber zu mir ist er liebenswürdig und zuvorkommend, als hätte er an jemandem etwas gutzumachen. Er lebt mit vielen Katzen zusammen, manche hat er geschenkt bekommen, manche sind ihm zugelaufen. Ich fange an, sie auseinanderzuhalten und ihre Namen zu lernen. Eines Abends hat er mir angeboten, für eine Weile in sein Haus zu ziehen, im Dachgeschoß gibt es zwei unbewohnte Zimmer. Ich habe ihm nichts erzählt, aber er scheint einen Blick dafür zu haben, wenn jemand in Schwierigkeiten ist. Ich weiß nicht, ob ich es schaffe, wirklich dort hin zu gehen. Der Geruch von den Katzen macht mir nichts aus, und es stört mich auch nicht, daß sie überall im Haus herumliegen.*

## IV

Der Wirt wirft einen Blick ins Wohnzimmer, bevor er ins Bad geht, und sieht ein heilloses Durcheinander. Wie immer, wenn seine Frau eine Arbeit anfängt, bleibt alles halbfertig liegen. Auf dem Eßtisch steht die Nähmaschine, daneben das aufgebockte Bügelbrett, von dem ein weiter weißer Taftunterrock herabhängt. Über dem Sessel liegt das fertig genähte Kleid für die Tochter, das letzte Liebesopfer der Mutter, bevor die Tochter endgültig verschwindet. In der Mitte des Tisches häufen sich bunte Garnröllchen, Futterstoffreste, ein Reißverschluß, ein halbes Schulterpolster, eine Schere und ein aufgeschlagener Roman aus der Leihbibliothek.

Der Mann betrachtet dies Durcheinander einen Moment von der Tür aus, vielleicht liebevoll, vielleicht resigniert, vielleicht angewidert. Dann knipst er die Deckenlampe wieder aus und geht ins Badezimmer. Er hört seine Frau im Schlafzimmer hantieren, den Morgenrock über den Bettpfosten werfen und sich zwischen die Laken legen. Er knöpft sein Hemd auf und betrachtet sich einen Moment im Spiegel, bevor er zur Zahnbürste greift.

*Ich habe gesagt, du wirst alt, du wirst dick, warum willst du weggehen? Hast du vergessen, daß ich immer für dich gesorgt habe und dich nie betrogen habe? Was willst du anfangen, ohne Freunde, ohne mich? Du wirst vollkommen allein sein. Hast du vergessen, wie wir gelebt haben, als Rosa noch klein war und meine Mutter noch lebte? Du kommst mir vor wie ein Stein. Kannst du dich nicht erinnern an die Sommerabende in der Küche, wenn die Kleine draußen vor der Küchentür in dem winzigen Garten spielte, meine Mutter zu Freundinnen gegangen war, um Karten zu spielen, und wir bei offener Tür allein an dem langen Küchentisch saßen? Keine Erinnerungen hast du, aber was ist ein Mensch ohne Erinnerung? Du sagst, ich wäre nie dagewesen, nie warst du wirklich bei mir, sagst du, auch wenn du neben mir saßest. Wir warteten auf die Dämmerung, ich trank ein Bier, denn ich war immer kaputt in jenen Jahren, wenn ich nach Hause kam, und du gingst in den Garten und faltetest dem Kind Papierschiffchen, die es auf dem winzigen Pfützenteich schwimmen ließ, den wir mit Holzlatten abdeckten, wenn wir Rosa unbeobachtet dort spielen ließen, damit sie nicht ins Wasser fiel. Meine Mutter, die sich nützlich machen wollte, weil sie bei uns wohnte, hatte uns* an den Abenden, an denen sie ausging, kalte Pfannkuchen hingestellt. Ich liebte diese Abende mit den Pfannkuchen, und im Juni blinkten Glühwürmchen in den Johannisbeerbüschen, aber du haßtest diese Pfannkuchen und behauptetest, sie wären dir aufgezwungen. Später hast du mir vorgeworfen, nie hätten wir ein Essen für uns gehabt, ein Lieblingsgericht nur für uns zwei, ein geheimes Mahl – und nie hätte ich mit dir gesprochen. Wirklich gesprochen, sagst du, aber was heißt »wirkliches Sprechen«? Im Café beobachte ich die Leute und höre, was sie sich sagen. Sie werfen sich die Worte hin wie Knochen den Hunden. Du Liebste, sagt ein Mann zu seiner Frau und streichelt ihr übers Haar. Und nimmt ihr mit der anderen Hand die Karaffe Wein weg, die sie bestellt hat, oder überfliegt die Schlagzeilen der Zeitung. Ich kann dich nicht mehr ertragen, sagt die Frau und streichelt zugleich mit immer stärker werdendem Druck seine Hand. Wirkliches Sprechen? Ich höre den Leuten zu, die ich bediene, sie sagen sich Wichtiges und Unwichtiges, und vor dem Richtigen versagen sie. Auch ich weiß nicht, wie ich ausdrücken soll, was dir zu hören fehlt. Doch warum verstehst du nicht, daß es meine Art von Ausdruck war, bei dir zu sitzen und zu schweigen?

## V

Die Katze springt vom Schoß des Alten. Der junge Kellner nimmt sich einen der zusammengeklappten, an die Wand gelehnten Stühle und geht zum Tisch des Alten.
»Trinken wir noch einen?«
Der alte Mann blickt auf und lächelt, als er den Jungen

sieht. »Gut, gut«, sagt er, »kennst du die Frau deines Chefs?«
Der Junge holt die Cognacflasche und schenkt beide Gläser voll. Er zieht den Stuhl heran und setzt sich. Plötzlich merkt er, daß es verdammt kalt geworden ist, die Kälte dringt vom Boden durch seine Hosenbeine, und der Plastiktisch fühlt sich an wie eiskaltes Metall. Er stößt mit dem Fuß seines Cognacglases gegen das Glas des Alten und prostet ihm zu. »Ob ich sie kenne? Flüchtig. Sie kam ein paarmal ins Café und trank ein Glas mit uns. Sie wirkt sehr müde.«
»Sie ist nicht müde«, sagt der Alte, »man sieht es an ihren Augen. Sie hat nur ein falsches Leben geführt.« Er trinkt einen Schluck und rückt seinen Stuhl ein wenig, so daß er dem Jungen ins Gesicht blickt.
»Noch nicht lange hier, was?«
»Seit ein paar Wochen. Und Sie?«
»Ich bin hier geboren. Mein Vater besaß dieses Café, und als er fiel, gleich im ersten Kriegsjahr, verkaufte es meine Mutter und übernahm stattdessen den Zeitungsladen unten an der Kirche.«
»Und später Sie?«
Der Alte nickt. »Als der Krieg vorbei war, war ich zwanzig. Und in kürzester Zeit hatte ich den Laden erweitert.«
Jemand biegt um die Ecke. In der Seitenstraße liegt eine Bäckerei, und es ist der Bäckerjunge, der zur Morgenschicht geht. »Schon geöffnet?« fragt er den jungen

Kellner und blickt erstaunt auf die beiden einsamen Gestalten am Tisch. »Noch, noch«, antwortet der Kellner, und der Bäckerjunge geht grüßend davon.

»Das ist es, weshalb ich nie hier weggegangen bin«, sagt der Alte, »die Veränderungen passieren schleichend, und nicht abrupt. Am Morgen sieht man den Bäckerjungen, und in der Nacht sieht man das Café, wie vor dreißig Jahren. Bist du meinetwegen hiergeblieben?«

»Nein, ich war noch nicht müde. Der Wirt hatte es eilig, wegen seiner Frau.«

»Ich weiß«, nickt der Alte, »man hat es immer eilig, wenn man eine Frau zu Hause hat. Aber daß man es eilig hat, heißt noch nicht, daß man sie versteht, und sie fühlen sich trotzdem unglücklich und allein.«

Nach einer Pause, während der sie, einträchtig wie zwei alte Freunde die Ellbogen auf den Tisch gelegt, vor sich hinschweigen: »Meistens liegt es an ihnen selbst. Sie warten und bilden sich wer weiß was ein. Sie warten – auf uns oder auf etwas anderes, ich habe das nie herausgefunden –, aber sie erwarten zu viel, für meinen Geschmack, und verbringen die Zeit damit, einem in den Ohren zu liegen mit ihren Nörgeleien.«

Der Mond verdüstert sich, und paar Regentropfen fallen auf den Tisch. Die Katze ist zurückgekommen und hockt, wie ein aufgeplustertes Ei, mit eingefalteten Vorderpfoten und eingezogenem Kopf, auf einem Fenstervorsprung.

»Ich hatte ein Mädchen«, sagt der Junge, »die war lustig, aber mit ihr war es genauso. Sie konnte nicht genug bekommen. Davor hatte ich eine andere, die war anders. Sie war ernst und ruhig, man konnte sich auf sie verlassen. Aber sie hing zu oft über den Büchern, und irgendwann stellte ich fest, sie waren ihr wichtiger als ich. Ewig steckte ihre Nase in einem Roman, und dann beschloß sie, auf die Abendschule zu gehen. Da hatte sie keine Zeit mehr für mich.«
Der Alte nickt. Sein Gesicht ist vollkommen klar, nicht eine Spur von Betrunkenheit trübt seinen Blick. »Ja, ja, du wirst es noch merken, mit Büchern und solchem Zeug trösten sie sich. Meine hatte es mit der Musik. Eine andere verlegt sich aufs Rosenzüchten oder aufs Fensterputzen. Aber was sie auch anstellen, sie haben Herzen wie kleine verschrumpelte Olivenkerne, und daran liegt's. Sie bilden sich dabei ein, sie wären schlecht weggekommen, und irgendwann laufen sie einem davon.«
Der Junge blickt den Alten vorsichtig an. Er hat eine Frage auf der Zunge, wagt aber nicht, sie zu stellen. Der Alte schweigt eine Weile und pocht in kurzen Abständen leise auf die Tischplatte.
»Ich hatte auch eine Frau, aber es ist schon so lange her, daß ich es fast nicht mehr weiß. Zuerst kaufte sie einen Kanarienvogel, bei schönem Wetter hängte sie ihn ins offene Fenster und sprach und pfiff den ganzen Tag mit ihm. Dann kam das Kind, und ich dachte, sie

wäre glücklich. Sie war ein Flüchtlingskind und hatte in der Zigarettenfabrik gearbeitet, und als ich sie heiratete, dachte ich, sie wäre froh, endlich ein Zuhause zu haben.

Aber eines Tages wurde die erste Pizzeria in der Stadt eröffnet, und es dauerte keine drei Monate, und sie hielt sich immer häufiger dort auf, hing dort herum, arbeitete auch mit – ohne Lohn, und das Kind gab sie in Verwahrung. Schließlich lief sie mit einem der Kellner davon. Jahrelang hab ich es nicht verstanden, ich hab ihren Namen aus meinem Gedächtnis gestrichen.«

Er streckt dem Jungen sein leeres Glas entgegen. »Noch einen Schluck, dann geh ich nach Hause.« Auf dem Platz scheint die Nacht noch unverändert dunkel wie eine Stunde zuvor, aber jenseits des Platzes, über den Bäumen, ist der Himmel bereits einen schmalen Spalt geöffnet. Die Laternen strahlen ein blasseres Licht aus, ein schwacher Wind, Vorbote des Morgens, raschelt in den Blättern, und die Tischplatte befeuchtet sich von Tau.

»Eines Tages brachte meine Tochter ihre Lehrerin mit nach Hause, und meine Mutter lud sie zum Mittagessen ein. Es war eine nervöse, noch sehr junge Frau, die eine Zigarette nach der anderen rauchte. Sie war von der Schulbehörde in unsere Kleinstadt verschickt worden und hatte kein anderes Ziel, als so schnell wie möglich wieder hier wegzukommen. Meine Mutter betrachtete sie mißtrauisch und hob den Deckel von der Suppenterrine. Der Gesprächsstoff war schnell erschöpft, und sekundenlang hörte man kein anderes Geräusch im Zimmer als das Klappern der Löffel in den Suppentellern. Die junge Lehrerin ließ mitleidig und neugierig ihre Blicke umherschweifen. Im Zimmer war es schwül und aus der offenen Terrine stieg der Dampf. Eine Fliege lief über den Handrücken der Lehrerin, draußen ging ein Gewitter nieder, und das Zimmer verdunkelte sich. Die Fliege kreiste weiter auf dem Handrücken, und ich schämte mich plötzlich vor dieser jungen Frau und wußte nicht, warum. Ich sah meine Mutter, ihre geblümte Kittelschürze und den über den Teller gesenkten Kopf mit dem grauen, glatt zurückgestrichenen Haar, ich sah das schwere dunkle Buffet und die stehengebliebene Pendeluhr an der Wand. Ich sah meine Tochter mit neuen Augen, ein blasses, unruhiges Mädchen, das von einem Wurf Katzen sprach, den ein Schulkamerad, der von einem Bauernhof kam, ihr zu zeigen versprochen hatte. Die Lehrerin lächelte plötzlich und sagte, sie wolle mitgehen, um die Katzen anzuschauen. Alle sprachen durcheinander, und wir verabredeten, am Abend gemeinsam zu dem Bauernhof zu gehen.

Von jenem Tag an kam die Lehrerin regelmäßig zum Mittagessen, und solange der Sommer und das schöne Wetter anhielten, fuhren wir ab und zu an den Sonntagen aus der Stadt heraus und gingen in den umliegenden Wäldern spazieren. Vor der Rückkehr nach Hause setzten wir uns auf diesen Platz und bestellten Bier und Limonade, und die Kleine ließ müde ihre Beine baumeln. Ich sah die Lehrerin an und schämte mich wieder, weil sie aus der Großstadt kam und nicht in unsere Wohnung über dem Laden paßte, und weil ich nicht wußte, was ich von ihr wollte. Der Sommer verging, und ich schob die Entscheidung hinaus. Zum ersten Mal dachte ich manchmal an meine Frau, und sie tat mir leid, weil ich sie wie jemanden behandelt hatte, dem ich eine Gunst erwies, von dem ich Dankbarkeit erwartete. Ich wartete auf den nächsten Sonntag, und wenn auch er verstrichen war, rief ich mir jede Einzelheit des Tages ins Gedächtnis zurück und stand noch lange am Fenster, bevor ich in einer Mischung aus Unruhe und Niedergeschlagenheit zu Bett ging.

Im Herbst kam meine Tochter aus der Schule nach Hause und trug ein kleines gesprenkeltes Kätzchen auf dem Arm. Die Lehrerin war zurückversetzt worden und hatte unsere Stadt verlassen, und dies war ihr Abschiedsgeschenk. Daß sie fort war, gab meinem Leben einen Knick. Als meine Frau fortgelaufen war, war es verletzte Ehre gewesen, was mich gekränkt hatte, ich unterschied das jetzt genau, denn nun dachte ich keinen Moment an meine Ehre. Ich spürte den Knick, ein Gefühl wie nach einem dumpfen Schlag, als müßte ich fortan mit einer, wenn auch nicht gefährlichen, so doch chronischen und niederdrückenden Krankheit leben, die meinen Lebensnerv getroffen hatte. Ich wollte ihr nachfahren und sie zurückholen und wußte doch, es hatte keinen Zweck. Ich dachte an meine Frau und hätte gern erfahren, ob sie noch mit dem Mann zusammenlebte, mit dem sie fortgelaufen war. Ich verstand, daß sie es besser gemacht hatte als ich, und ich habe mich geirrt, als ich ihr vorgeworfen habe, ihr Herz sei ein kleines, hartes Olivenkernchen.«

Der Wind ist ungemütlich geworden und kündigt einen Regentag an, und mit dem langsamen Hellerwerden des Himmels verliert der Platz seine schützende Geschlossenheit. Die Cognacflasche ist halb leer, der Alte steht auf und legt einen Geldschein unter sein Glas. »Sag deinem Chef, ich hätte dir mein Leben erzählt. Mußt du heute arbeiten?«

»Nein, das Café hat geschlossen, sie feiern die Hochzeit ihrer Tochter.«

»Schlaf dich aus, und wenn du dich langweilst, komm mich gelegentlich besuchen.« Er geht, die Hände in den Taschen, über den Platz davon, und man sieht, daß sein Schädel vollkommen kahl ist.

Der Junge fühlt sich plötzlich elend, und wie zum Weinen. Er steht auf, ein wenig steifgefroren in den Beinen, räumt die Gläser weg, klappt die Stühle zusammen, dann verschließt er das Café und geht nach Hause.

# *Wind, Staub*

*Sonntag, 23. September*

Ich habe beschlossen, meine Reise in O. zu unterbrechen. Als ich ankam, empfingen mich ein verlassen in der Mittagssonne daliegender Provinzbahnhof, schattige Pinienwipfel vor einem blauen Himmel und trockene, nach Thymian duftende Luft. Ich dachte, ich sei der einzige Reisende, der hier aus dem Zug steige. Aber am anderen Ende des Bahnsteigs entdeckte ich zwei Japaner, die einen schweren Koffer auf kleinen Rädern hinter sich herzogen. Das emsige Quietschen dieser Räder hatte in der apathischen Landschaft etwas Absurdes. Ich ließ meine Reisetasche in einem Schließfach und verließ den Bahnhof.

Im Türrahmen des Cafés an der gegenüberliegenden Ecke lehnte ein Kellner, eine nicht mehr ganz saubere Serviette über dem Arm, und döste in der Sonne. Vor dem Café standen ein paar Plastiktische und -stühle unter aufgespannten Sonnenschirmen mit der Aufschrift *Coca-Cola*. Ich ging die Straße entlang in Richtung Stadt und hörte meinen Schritt auf dem Pflaster. Ab und zu fuhr ein Auto vorbei. Ich ging und sah über die Mauern in die Gärten. Die schlafende Stadt gefiel mir, und ich beschloß, meine Weiterreise zu verschieben und über Nacht hierzubleiben. Vor Ablauf von zwei Tagen würde ich Lida ohnehin nicht erwarten können, also wäre es meine Sache, ob ich sofort weiterreiste oder noch hierbliebe.

In Paris hat es seit Tagen geregnet. Ich bin gestern Morgen zur Gare de Lyon gefahren und habe mir die Fahrkarte gekauft. Ich bin zurück in meine Wohnung gefahren, habe ein paar Sachen in den Koffer geworfen und Lida angerufen und ihr gesagt, daß ich ein paar Tage verreise. Lida probt eine neue Rolle, sie hat kaum Zeit für mich, und wenn wir uns in einem Café treffen, blickt sie angespannt in ihr Glas oder rührt zerstreut im Kaffee. Zuletzt sah ich sie vor zehn Tagen. Ich ging in das kleine Theater am Boulevard de la Chapelle und sah aus dem Hintergrund den Proben zu. Sie versteht sich nicht mit dem Regisseur, das war von Anfang an so. Sie arbeiten an einer Dramatisierung von Čechovs *Das Haus mit dem Zwischenstock*, und Lida hat die Rolle der Ženja.

»Ihre Bewegungen müssen weicher sein«, sagt der Regisseur, »zögernder. Legen Sie mehr Süßigkeit hinein, mehr Traurigkeit.«

»Ženja ist kein Wiener Vorstadtmädel«, sagte mir Lida im Café und trommelte ärgerlich auf den Tisch. »Versponnen, meinetwegen, kindlich, sanftmütig – aber nicht süß, nicht traurig.«

»Sie sind kein modernes Großstadtgirl, sondern ein

russisches Fin-de-Siècle-Geschöpf. Zu der Rolle gehört Tragik, jener tragische Grundton, der aus dem heutigen Leben verschwunden ist, denken Sie daran.«
Aber Lida findet Čechov nicht tragisch. »Sagt man den Namen Čechov, faselt jeder von Endzeitstimmung und Dekadenz. Aber es stimmt nicht. Er ist nicht tragisch, sondern realistisch. Schwermütig – ja, pessimistisch – ja. Aber zugleich heiter und voller Zärtlichkeit.«
So hat sie auch ihre Sätze bei der Probe gesprochen, bei der ich zuhörte. In unförmigem Rollkragenpullover und eingelaufenen Jeans brachte sie es wunderbar heraus: ein imaginäres Fenster – im noch nicht fertigen Bühnenbild – zu öffnen und zu rufen: »Mamočka, sieh doch, wie schön der Garten ist.«
Ich habe einen kleinen Fluß überquert, der, von Platanen gesäumt, die Stadt durchquert. Ich hatte Lust, dem Lauf des Flusses bis vor die Stadt zu folgen. Ich hatte Lust, in eine der engen Seitenstraßen einzubiegen. Muffig, düster und eng, mit quer über die Straße gespannten Wäscheleinen, kommen sie mir vor wie die Nachtseite des Südens. Aber ich bin auf der breiten, von Villengärten gesäumten Straße geblieben, als müsse ich den einmal eingeschlagenen Weg einhalten. Jenseits des Flusses beginnt das Geschäftsviertel. Die sonntägliche Stille verleiht den geschlossenen Geschäften etwas Bedrückendes – wie eine Flotte von gläsernen Schreinen reihen sie sich aneinander und die ausgestellten Kleider kamen mir vor wie Totenhemden.

Die Straße mündet in das Netz einer Fußgängerzone – Parfümerien und Boutiquen wie auf der ganzen Welt. Ich kam an einem Restaurant vorbei, das geöffnet hatte. Dichtgedrängt wie in einer Familienpension saßen die Leute und schaufelten das Essen in sich hinein. So eingepfercht existierte für sie kein *Draußen*, weder die Straße, die aus der Stadt führte, noch der Fluß, noch die Luft und das Licht. Kein Ort zum Bleiben. Das Hotelzimmer zum kleinen Fluß, von dem ich eben noch geträumt hatte, ein Abend unter Platanen auf der Piazza – unmöglich.
Ich habe mich vor die Mairie gesetzt, in ein Straßencafé, und einen Kaffee getrunken. Neben mir, an dem einzigen besetzten Tisch, saßen Deutsche vor großen Bieren und sprachen lauthals über Automarken. Das gab mir den Rest.
Bin ich von Stimmungen abhängig? Ich bin kein romantischer Reisender. Ich suche weder das Ferne und Andere, noch mich selbst. Ich bin aus Paris abgefahren, weil ich nicht länger auf Lidas Anrufe warten wollte, und auf ihre gehetzte oder niedergeschlagene Stimme. Und weil sie mir, wie so oft, ein halbes Versprechen gegeben hat, das sie nicht einhalten wird. »Die Premiere ist verschoben«, hat sie am Telephon gesagt. »Am Sonntag habe ich Matinée und am Dienstag eine Sondervorstellung. Danach könnte ich kommen.«
Vorerst aber bin ich allein. Vor einer Stunde mit der geheimnisvollen Stille einer alten Provinzstadt. Jetzt

mit der geheimnislosen Lautlosigkeit eines sterilen Geschäftsviertels. Aber etwas ist geschehen: seitdem ich aus Paris abgefahren bin, hat die verzweifelte Spannung nachgelassen, mit der ich die letzten Wochenende damit verbrachte, auf einen Anruf von Lida zu warten. Ob mir gefällt, was ich auf dieser Reise sehe oder nicht – es scheint, ich habe meinen Doppelgänger abgestoßen, den wie ein Bogen *überspannten* Verliebten. In diesem Augenblick bin ich wieder allein mit mir, nichts als ein Reisender.

*Später*
Ich habe den Triumphbogen und das Amphitheater angesehen. Der Triumphbogen liegt am Rand der Stadt, auf einer Insel mitten in der Ausfahrtsstraße, die, zu beiden Seiten von Bäumen gesäumt, wie eine Landstraße direkt in die Hügel führt. Ich war verwundert, nicht auch hier, wie in der sonntagsleeren Fußgängerzone, ein trostloses Stadtrandgebiet mit Hochhäuserblocks, Tankstellen und Supermärkten vorzufinden. Ich bin die Straße entlanggeschlendert, ich habe Früchte an Bäumen hängen sehen, die ich nicht kannte, ich habe Familien in ihren Gärten sitzen gesehen, und der Mittag stieg auf den Höhepunkt.
Während ich mich umschaute, mich ab und zu bückte, um ein abgefallenes Blatt aufzusammeln, reiste ich in Gedanken bereits in die nächste Stadt. Ich entwarf ein

Bild – Häuser, auf Hänge verteilt, gelbe und rote Ziegeldächer, und vom Tal aufsteigend der Geruch der Rhône. Mit einem Bein in der Gegenwart, mit dem anderen in Vergangenheit oder Zukunft zu stecken, ist für mich ein vertrauter Zustand. Wenn zwei Zeiten sich übereinander schieben, finde ich den Alltag spannender. Aber Lida wirft mir vor, mich auf diese Weise nie in der Gegenwart zu Hause zu fühlen – Lida, die immer so vollständig in der Gegenwart zu leben scheint, als müsse sie in jede Schaufensterauslage, in jeden Sonnenuntergang beißen, wie in die halbreifen Äpfel, die sie bevorzugt. »Du verlierst die Wirklichkeit«, sagt sie, »wie verträgt sich das mit deiner Arbeit als Nachrichtenredakteur?« Ich hätte ihr erklären mögen, daß mir seit längerer Zeit schon die Wirklichkeit ferner und ferner zu rücken scheint, je mehr die Anzahl der politischen Meldungen und Berichte wachse, die ich tagtäglich für die Sendung auszuwerten und zu bearbeiten habe. »Der Horizont muß offen bleiben«, sagte ich stattdessen, »damit die Gegenwart nicht in Eintönigkeit versackt«.

»Du wirst die Liebe immer da suchen, wo du nicht bist«, hat Sophia gesagt, bevor ich auszog. »Es wird dir nichts nützen, mich zu verlassen«.

Sie fühlte sich ihres Urteils vollkommen sicher. Am Ende der Straße entdeckte ich eine Telephonzelle. Ich wählte ihre Nummer, aber niemand meldete sich. Ich sah ihr spöttisches Gesicht vor mir und wußte, was sie

gesagt hätte: »Er fühlt sich allein? Hat die Geliebte ihn vor die Tür gesetzt? Oder einfach ein besetztes Wochenende? Und nun möchte er zurück – ins Nest?«
Sophia glaubt, der Wahrheit näher zu kommen, wenn sie die Motive zerpflückt, die sich, wie sie meint, hinter jeder einfachen Handlung verstecken. »Es gibt keine einfachen Handlungen«, sagt sie, »und wenn die Leute sprechen, lügen sie«. Aber die Wahrheit steckt manchmal in der Oberfläche, und unsere Oberfläche war die einer so ungetrübten Liebe, daß sie uns hätte wachsam machen müssen. Es gab keine Jubelstürme, aber es gab auch niemals Tränen, Anklagen, Eifersuchtsszenen.
Tauben kreisten hoch oben im blendenden Licht. Eine riesige Mauer erhob sich gegen den Mittagshimmel. Die Mauer ist eine antike Bühnenwand, Ruine aus kalkigen Steinquadern, aus der leere Nischen für die ehemaligen Götterstatuen starren. In der Mitte reckt eine einsame Augustusstatue den Arm hoch, erstarrt in der Pose der Deklamation.
Ich habe mich im Zuschauerhalbrund auf die ansteigenden Stufen gesetzt. Ich hatte Touristen erwartet, mit Photoapparaten und Führern. Aber nur ein paar verlorene Gestalten verteilten Stühle und Lautsprecher auf der Tribüne für ein abendliches Konzert. Ich habe die Füße ausgestreckt und in den Himmel geblickt. Ein Mittag, versunken im Gespräch mit sich selbst. Eine Stille, die ich überall längst vertrieben glaubte. Ich fühlte mich wie ein Genesender in der Sonne.

Ich würde ein Telegramm schicken – NICHT KOMMEN REISE ZU ANSTRENGEND. Oder: KOMM NICHT BRAUCHE RUHE. Ich dachte an Lidas Gesicht. Ob sie jetzt gerade, mit Ženjas angestrengtem Blick zu dem Landschaftsmaler sagte: »Und ist Ihnen nicht bange vor dem, was unbegreiflich ist?«

»Weißt du, wer sie wirklich ist? Ist sie Ženja, Julia, Varja oder Antigone«, hat Sophia gefragt. »Vielleicht brauchst du das Ungreifbare hinter diesen vielen Masken.« Doch ich kann nichts Schillerndes oder Zweideutiges an Lida entdecken, und sie hat nichts von einem Paradiesvogel – eher etwas von einem Vorstadtmädchen mit Nikotinflecken am Mittelfinger, die von den unzähligen Zigaretten herrühren, die sie raucht. Vielleicht hat mich angezogen, daß sie sich keiner Wahrheit verschreibt, wie Sophia, sondern der Lüge, dem Spiel. Wenn ich die beiden vergleiche – Sophia ist ein Bergkristall, klar, durchsichtig, lupenrein. Lida ist körnig und verschlammt. Und plötzlich – erst jetzt, weit weg von ihr – erlebte ich, unter *südlicher Sonne*, einen vollkommenen Augenblick. Ich vergaß, daß sie mich enttäuscht hatte, ich vergaß die Zeiten, in denen ich vergeblich auf sie gewartet hatte. Ich sah sie vor mir, und nichts anderes zählte, als daß sie jetzt irgendwo durch einen Bühnenwald ging und Sätze einer erfundenen Figur sprach, oder sich die Perücke vom Kopf zog und sich mit der typischen Geste vorbeugte, um die Falten unter ihren Augen im Spiegel zu prüfen oder eine halbgerauchte Zigarette auszu-

drücken. Es ist nicht wichtig, dachte ich, was sie tut, es ist nicht wichtig, was sie sagt, es ist allein wichtig, daß sie ist, wie sie ist. Es war ein Augenblick außer der Zeit. (Ich weiß, daß es das nicht gibt.) Ein Moment des Stillstands – in dem sogar der Duft der Eukalyptusbäume und der Kiefern sich in die Luft verflüchtigt hatte, wie die vergessenen Worte, die vor tausend Jahren auf dieser Bühne gegen den Himmel und das Schweigen der Steine geschleudert worden sind.
Sofort zerfiel der Moment. Plötzlich war die Luft erfüllt von Musik. Die Leute auf der Tribüne probierten die Lautsprecher aus und spielten *Begin the Beguine*. Zeit, aufzustehen und zum Bahnhof zurückzugehen. Ich durchquerte das Theater in Richtung Ausgang, die weichen Klänge des Saxophons im Rücken. »Du verstehst nichts von Jazz«, behauptet Lida, »du hörst nur die Stimmung.« Mag sein, aber der Rhythmus gefällt mir. Es ist die Musik einer Großstadtepoche, die genauso versunken ist wie die Bühnenspiele in diesem Theater. Und auch das Schweigen des Mittags läßt sich bereits nicht mehr zurückholen. Es existiert nur noch auf diesen Blättern, als etwas Verlorenes, das sekundenlang wiederaufgefunden wird.

*Abends*

Als ich in A. ankam, war die Stadt voll von Betrunkenen, von Straßenumzügen, von bunten Girlanden zwischen den Häusern und dem Gestank des qualmenden Fetts, in dem die Straßenverkäufer an jeder Ecke Fisch rösten. Durch die Menschenmenge schlängelten sich Motorräder und hupende Autos, und je mehr ich mich dem Stadtinneren näherte, desto deutlicher konnte ich das an- und abschwellende Beifallsgeschrei im Inneren der Arena hören, wo eine Corrida stattfand. Es war bereits zu spät, um weiterzufahren, ich mußte über Nacht bleiben und ein Hotel suchen. Ich habe mich wohl oder übel in die feiernde Menge gereiht, ich kam langsam vorwärts, überall waren Geschäfte und Andenkenläden geöffnet, und man konnte im Gedränge kaum den Himmel sehen. Die Hotels, an denen ich vorbeikam, waren alle bereits belegt. Schließlich fand ich ein Zimmer in einem etwas abseits in einer Sackgasse gelegenen Hotel. Ich musterte das Zimmer – es war ebenerdig und dämmrig. Die Fensterläden waren geschlossen und eine eingesperrte Fliege summte unruhig im Kreis über den Tisch. Weißgetünchte Wände, einfache Möbel aus dunklem Holz, gekachelter Fußboden – das Zimmer hat etwas von einer spanischen Klosterzelle. Ich habe mich auf das Bett gelegt. Das Zimmer gefällt mir. Ich mag keine Hotelzimmer mit falscher Eleganz, mit Blumentapeten, Kronleuchter und Seidensteppdecke.

Warum bei diesen Dingen verweilen? Seit einiger Zeit beobachte ich an mir, daß ich den Dingen, die mich umgeben, immer mehr Aufmerksamkeit widme. So erinnere ich mich überdeutlich an das Rot der Lederbank, auf der Lida saß, wenn wir uns trafen. Das Rot erscheint mir wie der Hintergrund eines Bildes. Über der Bank, hinter ihrem Kopf, war eine Spiegelwand. Ich saß ihr schräg gegenüber, und so schien mir, als sähe ich zwei Figuren zugleich, eine in Rückenansicht, die Schultern, den Kopf mit hochgebundenem Haar, und eine in Frontansicht, das Gesicht und den Körper bis zur Taille, den Rest schnitt der Cafétisch ab. Das Café, in dem wir uns gewöhnlich trafen, liegt an der Place de Stalingrad, in der Nähe ihrer Wohnung, und im Frühling gingen wir oft nach dem Essen am Canal d'Ourcq spazieren. Wir trafen uns immer allein, und ich habe die Schauspieler nur flüchtig kennengelernt, mit denen sie arbeitete, ich wußte nicht, mit wem sie ihre Abende verbrachte, wenn wir nicht zusammen waren. »Wir haben wenig Zeit, es ist besser, wir treffen uns allein«, hat sie zu Anfang gesagt, als ich versuchte, ein wenig mehr von ihrem Leben zu erfahren.

Mit Sophia war es umgekehrt. Sie hat sich nie entzogen, sie war immer da, ohne allzu eindeutig auf mich zu warten. Wir wohnten zusammen in einem schmalen Haus am Stadtrand, ich hatte das obere Stockwerk für mich, und sie hatte den Keller als Werkstatt eingerichtet, wo sie alte Möbel restaurierte. Unsere Freunde kannten wir gemeinsam, und im Sommer gaben wir in dem nur sporadisch gepflegten Garten ein Fest. Am deutlichsten ist mir ein Bild geblieben,

das ich erblickte, wenn ich vom Schreibtisch aus dem Fenster sah: in Gummistiefeln und altem Pullover geht sie nachdenklich durch den Garten und harkt die herbstlichen Blätter zusammen.
Von ferne drangen über die Dächer Beifallsrufe und Schlußmusik des Stierkampfs. Die Luft wurde kühl im Zimmer, und ich stand auf und ging in den Garten. Ein ummauerter Garten, ein wenig verwildert, Säulenstümpfe standen herum, eine weiße Balustrade trennte den oberen Teil von dem tiefer gelegenen, und an der Mauer wuchsen Palmen und Steineichen. Ich setzte mich auf einen der etwas angerosteten weißlackierten Gartenstühle, der Rasen lag bereits im Schatten, und nur ein paar junge Krähen hüpften über die Kieswege. Über der Mauer sah ich die Kirchtürme und Dächer der Stadt, es war sechs Uhr, und ich wünschte mir plötzlich, Lida wäre hier, in diesem verlassenen Garten, und tränke in der Dämmerung ein erstes Glas Wein mit mir.
Plötzlich erfaßte mich Unrast, und ich verließ den Garten. Ich hatte das Gefühl, eine Niederlage erlitten zu haben. Was nützte es mir, fortgefahren zu sein, wenn ich nicht aufhören konnte, an Lida zu denken? Ich durchstreifte die Stadt, die sich inzwischen geleert hatte, und sah die engen Gassen und alten Paläste an. Ich bin sicher, zu anderen Zeiten hätte ich es genossen, dort umherzuschweifen. Aber ich konnte mich nicht auf die Dinge einlassen und erhaschte nur flüchtige

Eindrücke. Halb sieben, dachte ich, die Matinée ist beendet, Lida ist bereits abgeschminkt, umgezogen und tritt, vielleicht in diesem Moment, durch den Nebenausgang auf die schmale Gasse, die zum Boulevard de la Chapelle führt. Würde sie in unser Café gehen? Allein, oder mit jemandem aus der Truppe? Nein, ich erinnerte mich, sonntags hat es geschlossen. Würde sie sofort nach Hause gehen, sich aufs Sofa legen und durch das große Fenster den Himmel betrachten?

Sie wohnt in einem scheußlichen Neubaukomplex an den Buttes Chaumont. »Warum wohnt sie ausgerechnet hier«, fragte ich mich, als ich das erste Mal mit ihr nach Hause ging. » Es ist besser, in einem scheußlichen Haus zu wohnen und einen Blick wie hier, auf einen Park zu haben, als umgekehrt«, sagte sie, als hätte sie meine Gedanken erraten. Sie hatte mir etwas zu trinken angeboten, sich selbst mit verschränkten Armen auf das Sofa gelegt und mir ohne Umschweife ihr Leben erzählt. Sie stammt von Bauern in der Bretagne, und, obwohl sie zu ihrer Familie kaum noch Kontakt hat, erinnert sie sich noch genau an die enge Küche, in der die Familie auf einer roten Plastikbank um den Tisch saß. Die Plastikbank war eine Errungenschaft, auf die die Eltern sehr stolz waren – es war eines der wenigen Möbelstücke in dem Haus, das sie kurz nach ihrer Hochzeit gekauft hatten und das »modern« war, wie sie es nannten. Jeden Samstag, beim Mittagessen,

gab es dort Streit zwischen dem Vater und dem Bruder, und am Nachmittag, wenn der Bruder das Haus verlassen hatte, ließ der Vater seine Wut an den Töchtern aus. Mit sechzehn hatte sie das Dorf verlassen und war nach Paris gegangen. Sie hatte bei einer Theateragentur gearbeitet, dann erste Ein-Personen-Stücke geschrieben, die sie später selbst in einem kleinen Café-Theater in Montparnasse zu spielen begann.
Die Dämmerung wuchs schnell, und ich ging den Quai der Rhône entlang. Straßenlaternen gingen an, und in der Ferne sah ich die Brücke und die Lichter der darüberfahrenden Autos. Letztes Zwielicht, der Himmel einen Spalt geöffnet – da war schon Abend. Auf dem Quai gingen wenige Leute und führten ihre Hunde spazieren, und die Sandsteinmauern der Häuser am Ufer strahlten die letzte Wärme aus.

*Nachts, zwei Uhr*

Am Nebentisch saß eine Frau. Sie schrieb Postkarten, und ab und zu hob sie den Kopf und sah zu mir herüber. Es war offensichtlich, daß sie sich langweilte, und über kurz oder lang würde sie mich um Feuer bitten oder um einen Stift.
Ich hatte mich an einen Cafétisch auf einen schönen, breiten Boulevard gesetzt – und auf der gegenüberliegenden Seite zog sich eine Kette von Hot-Dog-Ständen hin. Jugendliche rasten mit schweren Maschinen

über den breiten Fahrstreifen, ausländische Schulklassen zogen gitarreklimpernd an dem Café vorbei.
Die Frau am Nebentisch blies den Rauch ihrer Zigarette in die Luft, und ich sah ihre mit Ringen überladenen Hände. Sophia hat schönere Hände. Lang und schmal, wie ihre Füße. An Lidas Hände konnte ich mich nicht erinnern.
Plötzlich wurde ich unruhig. Es ist unmöglich, daß ich nicht weiß, wie ihre Hände aussehen. Während ich versuchte, mir Einzelheiten ins Gedächtnis zu rufen – den Handrücken, das Gelenk, die Finger und Nägel –, kam es mir vor, als sei jede unserer Begegnungen von einer Unmöglichkeit des genauen Hinschauens gekennzeichnet gewesen. (Weiß ich wirklich, wie ihr Gesicht aussieht, ihr Ohr, ihr Haaransatz?) Das rückt sie mir fern, so fern, daß ich sie kaum noch erreichen kann. Andererseits kann ich mich an jede meiner Gefühlsregungen erinnern – als hätte das Registrieren meiner Gefühle ihre Gestalt in einen Nebel gehüllt und verhindert, daß ich sie deutlich sah –, an Glücksmomente, wenn ich sie auf dem Sofa liegen und in eine Rolle vertieft sah. An das plötzliche Verlangen, eines Nachts in einem Café, als sie sich über ein Glas mit einer Flüssigkeit von grüner Farbe beugte, ihre Hände umschlossen das Glas, das aufgelöste Haar fiel über den Tisch, sie saugte am Strohhalm, das Gesicht ganz konzentriert und die Augenlider gesenkt.
Die Cafés und Restaurants waren jetzt alle besetzt, es

gab bunte Beleuchtung, Tangomusik und Sangria, und die Kellner flitzten herum und servierten *Steak frites*.
Die Frau am Nebentisch rief den Kellner und zahlte. Im Weggehen sah ich ihre breiten Hüften, die ein zu kurzer weißer Lederrock umspannte. An der Straßenecke warf sie ihre Postkarten in den Briefkasten. Ob sie allein reiste? Ob sie es als abenteuerlich empfand oder als traurige Erfahrung? Sophia hat immer behauptet, allein zu reisen sei für einen Mann einfacher als für eine Frau. Aber ich bin ohnehin gern allein. In Paris verbringe ich oft ganze Nächte allein in einem Café. Ich habe oft das Gefühl, als müßte ich das Alleinsein retten. Ich habe Kollegen, die können keine Minute allein sein. Wenn sie nicht in der Redaktion sind, gehen sie zu Empfängen, zu Cocktailparties und in Cafés, wo sie angeblich wichtige Informationen bekommen, und wenn sie einen Abend zu Hause verbringen, läuft entweder das Radio, der Fernsehapparat oder sie hängen am Telephon. Möglicherweise gefiele es ihnen hier. Gerade hier aber war für mich nichts zu retten. Das Alleinsein in dieser vergnügungsberauschten Menge war mir unerträglich.
Später hatte ich mehr Glück. Ich habe einen versteckten Platz gefunden, unter Platanen standen Tische und Stühle, drumherum alte Häuser mit spanisch anmutenden Fassaden und filigranen Gitterbalkonen. An der Stirnseite lag ein geschlossenes Hotel mit ochsenblutfarbenem Anstrich, und der Kellner, der mir den

Wein brachte, erzählte mir, in diesem Hotel wären, zu den Glanzzeiten der Corridas, berühmte Toreros abgestiegen, es hätte Feste gegeben, die die reichen Bürger der Stadt den Gästen dort gaben, und bis zum Morgengrauen drang Pianomusik und das Gelächter der Geladenen über den Platz.

Ich fing an, einen Brief an Lida zu schreiben. *Liebe Lida,* schrieb ich, *von dem Platz, an dem ich sitze, blicke ich auf eine schmale dunkle Gasse, und am Ende der Gasse sehe ich eine nackte Glühbirne in einem Fenster. Ein Bühnenbild, das Dir gefiele.*

Weiter kam ich nicht. *Bühnenbild* – das war das Stichwort, das mir das ins Ferne und Unwirkliche Gerückte meiner Erinnerung an Lida vor Augen führte. Seit Wochen habe ich sie nur auf einen Sprung gesehen. Davor war sie auf Sommertournée in der Provinz. Davor lag der Anfang – aber der schien mir plötzlich so lange her, daß ich mich an unsere wenigen Treffen nur wie an, wenn auch gut ausgeleuchtete, Szenenbilder erinnerte. Ich erinnere mich an Einzelheiten – eine rote Bank im Café, eine Spiegelwand, einen Fensterblick zum Park, ein grünes Getränk –, aber ich kann mich nur schwach an ihr Lächeln erinnern, ihren Händedruck, ihren Körper. Als ob die Zeit, in der sie mich immer wieder hingehalten hat, unmerklich die realen Züge ihrer Person aufgelöst hätte.

»Was kennst du von ihr, was weißt du«, hat mich Sophia an jenem Abend gefragt, als ich nach Hause kam und ihr sagte, ich werde sie verlassen. Ich hatte eine Diskussion im Théâtre du Chaillot besucht. Es ging um Subventionen, die gestrichen werden sollten, und irgend jemand hatte mir Lida vorgestellt. »Nichts«, habe ich Sophia geantwortet, »aber es genügt«.

»Aber wegen eines Nichts, wegen eines Gesichts«, sagte Sophia, »von dem du nicht einmal weißt, ob es das Versprechen einlösen kann, das es für dich enthält, willst du mich verlassen?« Sie hatte recht. Ich hatte nichts als ein fremdes Gesicht, dem ich folgte, als gäbe es noch einmal, oder je, die *blaue Blume* – ein Gesicht, an das ich mich jetzt kaum erinnern kann. Stattdessen schiebt sich ein anderes Gesicht davor – ein fassungsloser Ausdruck, ein Nichtbegreifen, Augen, die sich zuerst mit Tränen füllten, im Lauf der Nacht mit Wut, und am Morgen mit Resignation. Wir haben die ganze Nacht in der Küche verbracht, wir haben viele Flaschen Wein getrunken und uns aneinander festgehalten wie Kinder, wir haben uns angeschrien und sind abwechselnd in den Garten gelaufen, in dem ein milder Februar die ersten Blätter trieb. Sie sprach von Brutalität, von durchschnittenem Leben. Gegen Morgen saßen wir an dem langen Küchentisch und mochten uns nicht ansehen.

Als ich ausgezogen war, schrieb sie mir einen Brief. »So folgst du einem Nichts, einem Zeichen – dem weißen Oval eines Gesichts. Ich möchte lachen und mir das Gesicht weiß schminken – wenn es das ist, was dir genügt. Genieße dein Gefühl – Deine schöne weiße Seifenblase.«

Plötzlich roch die Stadt nach Herbst. Nachtwind erhob sich und wirbelte die ersten welken, knisternden Blätter über den Boden. Am anderen Ende des Platzes rasselten Ketten – die Kellner hatten Tische und Stühle übereinandergestapelt und ketteten sie fest. Ein paar vereinzelte Gestalten saßen noch herum, nur die Bar auf der gegenüberliegenden Seite hatte noch geöffnet. Der Platz wirkte bereits verlassen, ein Platz in der Provinz am Ende der Saison, die Lichterketten in den Bäumen wurden abgenommen, die Straßenschilder der Restaurants abgeräumt, und in der Mitte des Platzes spielte ein kleiner Hund mit einem gelben Ball. Ich fröstelte und saß über dem letzten Glas Wein, vor dem angefangenen Brief, und konnte mich noch nicht von dem Platz trennen. Ich fühlte das Ende des Sommers, meine eigene Abgeschnittenheit – auf mich selbst zurückgeworfen, dachte ich, ich sei in dem Zustand angekommen, der auf mich gewartet hat. Kann man in einem Zustand ankommen wie an einem gemäßen Ort, an *dem* Ort schlechthin? Es kam mir vor, als sei der gelbliche Schein der Laternen schwächer geworden, und über die Stadt hatte sich die unerschütterliche Stille der Provinz gesenkt, und die Luft roch nach Holzkohle, die in einem Kamin in irgendeiner dieser Straßen abbrannte. Von Paris war ich ganz abgeschnitten – einen Augenblick erwog ich sogar den Gedanken, in Paris alles aufzugeben und mich in dieser Provinzstadt anzusiedeln. Die Tage verliefen gleichförmig, ich entkäme dem quälenden Verfließen der Zeit, der Zukunft ohne Lida, und vergäße, was Sophia gesagt hat – »Deine Liebe ist totgeboren«. Ich verbrächte meine Abende auf diesem Platz – wie der alte Mann, der eine Stunde zuvor am Nebentisch gesessen und plötzlich ein Bild aus der Brieftasche gezogen hatte. »Es ist das Bild seiner Mutter«, sagte mir der Kellner, als ich die Rechnung bezahlte, »sie ist die Besitzerin des geschlossenen Hotels gewesen. Der alte Mann kommt jeden Abend und trinkt und betrachtet das Bild seiner Mutter, das er gegen die Weinflasche lehnt, und immer bleibt er, bis das Café geschlossen wird.«

Totgeborene Liebe? – fragte ich mich. Als es anfing, hatte ich vielleicht nur den Wunsch aufzubrechen, und ich glaube, daß viele Liebesgeschichten so anfangen. Aber jetzt ist es anders, und morgen fahre ich nach Paris zurück.

Aber am Ende der Gasse, in die ich wie blind starrte, sah ich plötzlich das Bild eines kleinen Mädchens in einem Samtkleid mit einer Katze auf dem Arm. Das Bild hatte ich gelegentlich in dem Durcheinander von Sophias Schreibtisch gefunden, es war ein Kinderbild von ihr im Alter von elf Jahren. Ich hatte es an mich genommen und immer in meiner Brieftasche auf der Brust getragen. Ich hatte es längst vergessen in dem Wust von Zetteln, Quittungen und Geldscheinen –

jetzt schüttete ich das alles vor mir auf den Tisch, und da war es, zerknittert und fleckig.

*24. September, in der Morgendämmerung*

Ich habe die Nacht mit einer Kerze an diesem Tisch verbracht.

Ich habe mich hingelegt und versucht zu schlafen. Vielleicht ist es die Stille, die mich nicht schlafen läßt. In Paris bin ich, sogar in der Nacht, an einen ständigen Geräuschpegel gewöhnt, und gegen Morgen spüre ich im Halbschlaf die unterirdische Vibration, wenn die erste Métro in der Tiefe unter meinem Bett rollt. Hier ist die Stille so übermächtig, daß sie in den Ohren, in den Adern zu rauschen beginnt. Nach einer Stunde konnte ich es nicht mehr aushalten, ich setzte mich im Bett auf und knipste die Nachttischlampe an. Die Birne blitzte auf, ein Knall, und ich saß wieder im Dunkeln. Ich erinnerte mich, auf dem Tisch eine Kerze gesehen zu haben. Ich stand auf, und draußen erhob sich ein Wind. Ich hatte das Fenster offenstehen lassen, der Wind raschelte in den Zweigen, und ab und zu hörte ich etwas über den Kies huschen. Die Stille war durchbrochen. Das Kerzenlicht flackerte und warf seltsame Schatten auf die Wand.

Ich habe versucht, den angefangenen Brief weiterzuschreiben. Aber plötzlich wußte ich nicht mehr, wie ich in Worte fassen sollte, was ich sagen wollte. Hätte ich Briefe von Lida, einen Schal oder andere Hilfsmittel, die die Erinnerung unterstützten –: Aber ich besitze nicht einmal ein Photo. Stattdessen kamen jetzt Erinnerungsfetzen – an eine Nacht auf einer Bank am Canal St. Martin, in der sie mir von der Kirche in Peumerit erzählte, ihrem Heimatdorf, dem grauen Stein und dem seltsamen Kragenmantel um den Turm – »die Kirche hat keine Architektur«, sagte sie, »sie ist keine Sehenswürdigkeit, nur eine Dorfkirche aus Bruchstein, mit einem Turm, der im Regen schwarz glänzt, und der seltsame Kragenmantel am Fuß des Turms ist ein Regendach für die Gläubigen.« Sie erzählte von den wenigen Straßen und Gassen des Dorfes, die sternförmig auf die Kirche zuführten, von den Sonntagen, wenn die Frauen mit ihren hohen weißen Hauben aus der Kirche kamen, die Straßen nach warmen Brioches rochen und der Nachbar mit seinem Sohn ein vor Todesangst quiekendes Schwein an Stricken über die Straße zog, weil es Zeit war, es abzustechen.

Eine andere Nacht, die wir in einem südamerikanischen Café im Marais verbrachten – altmodische Ventilatoren mit Flügeln aus schwerem Holz kreisten monoton über den Tischen, sie teilten die verrauchte Luft und zogen kreisende Schatten über die Decke, und der Mann, der an der Bar neben Lida saß und immer langsamer auf sie einredete, je mehr Tequila er trank, sagte in Abständen versonnen zu dem Barmann *nada, nada.*

Eine andere Nacht – wir saßen in demselben Café in einer Ecke vor einem großen Fenster zur Straße, aßen Schalen von Maischips und tranken phantastische Cocktails in exotischen Farben, das Café war brechend voll und die Straßen vor dem Fenster draußen vollkommen leer, *ausgestorben*, wie es heißt, die Musik und der Lärm waren so laut, daß wir schrien, um uns zu verstehen, und ich sehe wieder das monotone Kreisen des Ventilators und die Schatten, die die Gesichter zerschnitten, die farbigen Flüssigkeiten in den Gläsern, die hochgebundenen wippenden gelackten Haarschwänze der Frauen und die gemalten Augenlider, an der Wand räkelte sich, auf einem Plakat, eine nackte Südseeschönheit vor einer Palme in einer Meeresbucht, Lida beugte sich zum Nebentisch und ließ sich, mit aufreizender Geste die Zigarette zwischen den Lippen haltend, Feuer geben, das Bandoneon kreischte immer mehr in bloßen Synkopen, Tango und Halbdunkel – da legte sie mir die Hand aufs Knie und sagte: »Ich habe das obere Stockwerk vermietet«, und da war es Sophia, und nun fiel mir ein, daß ich wieder angefangen hatte, mich mit ihr zu treffen, nie mehr eine Ehe, hatte ich gedacht, als ich auszog, war ja auch keine, nur eine Gemeinschaft, jetzt ging ich mit ihr an die Orte, an denen ich mit Lida gewesen war, ob mit Absicht oder nicht, kann ich nicht sagen, sie trug schwarze Hosen, und die Geste ihrer Hand auf meinem Knie verursachte mir leichte Übelkeit, ob vor Sehnsucht, Schmerz oder

Traurigkeit, kann ich nicht sagen, vielleicht lag es auch an den Cocktails, und danach gingen wir die ganze Rue de Rivoli entlang, unter den leeren Arkaden, unsere Schritte hallten in der Nacht, und ich hatte sie im Arm und fühlte mich seltsam leicht, zwischen den Wirklichkeiten schwankend, in der Nacht zu Hause, und da hörte ich auch schon die Absätze von Lidas Stöckelschuhen neben mir, und dann ihr dunkles Zimmer mit der breiten Fensterfront zu den Buttes Chaumont, »Kalksteinbrüche, von Napoleon III als Park für die Kleinbürger dieses Viertels angelegt« – und: »nein, mach kein Licht an, es ist schön so mit dem Himmel und den Bäumen«, und ihre leichte Patchworkdecke, *pfauenfederleicht*, in blau-grünen Farben, schwang durch die Luft, breitete sich aus, senkte sich, und darunter das Knäuel unserer Beine und ein Abtauchen, und dann wachte ich auf und hörte, daß sie im dunklen Zimmer ein Kinderlied summte –

24. *September, mittags*

Ich bin ein Stück aus der Stadt herausgegangen, habe eine mit Gras überwachsene, nicht mehr benutzte Eisenbahnschiene überquert und bin durch ein weit geöffnetes Gitterportal gegangen, das, wie ich dachte, in einen Park führte.

Das Wetter ist umgeschlagen, der Mittag war von täuschender Wärme, und im Gebüsch zirpten die Grillen.

Tiefes Septemberlicht brach durch die hohen Bäume rechts und links des Weges, und in der Ferne verlor die Allee sich im Dunst des gleißenden Mittags. Ich ging im Schatten der Bäume auf das Licht zu, kein Schritt war zu hören, und ab und zu löste sich ein Pinienzapfen und klopfte in leichtem Fall gegen den Boden. Am Wegrand reihten sich zwischen den Bäumen leere Sarkophage, ein paar waren offen, und am Grund lagen ein paar hereingewehte Blätter, auf den meisten ruhten schwere steinerne Deckel wie Tempelgiebel. Die Sarkophage schienen mir wie Schiffe gebaut, die mit ihren Toten den Styx überqueren.

Ich verglich diesen Ort, der mir wie ein heiterer Todeshain vorkam – die ganze Allee war erfüllt von Licht, von Wärme, vom Geruch nach Kiefern und Steineichen und dem Gesumm der Grillen – mit dem Friedhof, auf den Lida mich in Paris geführt hat. Der Père Lachaise liegt nicht weit von ihrer Wohnung entfernt, und sie benutzt ihn als Park. Manchmal nimmt sie sogar einen neuen Text mit und verschafft sich auf einer Bank einen ersten Überblick. Ich mag keine Friedhöfe, und als sie mich mitnahm, sagte ich ihr, ich fände es einfach makaber, zwischen Gräbern herumzuspazieren, es gäbe weiß Gott schönere Orte, ob sie nicht daran dächte, daß sie hier *auf Knochen* ginge?

Der Weg war menschenleer. Ich setzte mich auf eine niedrige steinerne Bank – und Baum und Stein waren wie Zeichen, in denen plötzlich ein wiedergefundenes

Fragment von etwas, das als Ganzes verloren ist, zum Vorschein kam.

Ich werde Lida ein Telegramm schicken. Auf dem Père Lachaise hat sie mir geantwortet: »Die Knochen, von denen du sprichst, liegen in gewisser Weise überall. Für mich ist es einfach ein kontemplativer Ort, weit weniger makaber als ein Supermarkt.«

FRIEDHOF GEFUNDEN werde ich schreiben, DU MUSST IHN SEHEN. Ich werde mich durch die Stadt treiben lassen, und wenn es Zeit ist für einen Apéritif, werde ich auf den Platz gehen, auf dem ich gestern abend gesessen habe und sehen, wie er bei Tag aussieht.

»Es gibt scheußliche Friedhöfe«, hat sie dann gesagt, »die aussehen wie gebohnerte Krankenzimmer mit schwarzspiegelnden Grabplatten ohne einen Kratzer, mit künstlichen Blumensträußen und Kerzenstümpfen in Plastikbehältern. Aber dieser ist ein Ort, an dem ich gern bin, und ich wünschte, du würdest die Orte mögen, an denen ich gern bin. Aber im Grunde willst du meine Orte nicht kennenlernen und auch mich nicht. Welche Frau war es, die dich so mißtrauisch gemacht hat? War es Sophia? Oder brauchst du immer zwei Frauen, damit du, um die Liebe zu einer aushalten zu können, die andere auch zur Hand hast?«

*Später*

Wer entzieht sich wem? Hält Lida mich hin, halte ich sie hin oder glauben beide dasselbe vom anderen?

Ich habe kein Telegramm geschickt. Wozu warten? Ich nehme den Nachmittagszug nach Paris. Ich werde sie anrufen, sobald ich angekommen bin, und in unser Café gehen. Ich werde mich an die Theke stellen und den unvermeidlichen Apéritif trinken und wünschen, sie ließe mich nicht lange warten. Wenn sie nicht zu Hause ist, werde ich trotzdem in das Café gehen und wünschen, sie käme durch Zufall herein. »Schon zurück?« wird der Kellner fragen, »ich habe eine Nachricht für Sie«. Und ehe ich noch überrascht fragen kann, wer denn wisse, daß ich schon zurückgekehrt und in diesem Café heute abend zu finden sei, während ich noch damit beschäftigt bin, das Gekritzel auf dem Zettel zu entziffern, den der Kellner vor mich auf die Theke gelegt hat, wird sich mir eine Hand vor die Augen legen und eine Stimme fragen: *wer ist es?*

# Nachmittags auf dem Eis

Um elf Uhr stöhnten bereits alle über die Hitze. Es war ein großes Durcheinander. Blumen wurden gebracht und Pakete trafen ein. Die Haustür stand weit offen, und Leute gingen aus und ein, um mir zu gratulieren. Später saß die ganze Familie an einer langen Tafel, die hinten im Garten, im Schatten des Nußbaums gedeckt war. Meine Schwiegersöhne hielten Reden, und meine Enkel stellten sich auf einen Stuhl und sagten Gedichte auf. Ich saß am Kopfende und trug den Spitzenschal, den meine Mutter mir vor der Hochzeit geschenkt hat. »Brüssler Spitzen«, hat sie gesagt, »das gibt ein Taufkleid für deinen Ersten«. Ich glaube, die Reden waren schön. Die Kinder saßen auf ihren Stühlen, wie man es ihnen gesagt hatte, und waren artig. Immer staune ich, wie diese Familie sich so selbstverständlich einander zugehörig fühlt. Da das Fest mir zu Ehren war, hatte ich das Privileg zu schweigen. Mein Blick glitt unter den Bäumen durch zum Fluß und ans andere Ufer. Ich sah die lautlose, rasche Strömung und den Wind in den herabhängenden Zweigen der Weiden über dem Wasser. Ich vergaß meine Tischnachbarn zur Rechten und Linken. In der Ferne fuhr ein Traktor über das

Feld. Dann warf die kleine Lisa ein Glas um, und ich war wieder an meinem Platz.
Ich liebe es, wenn Kinder Dinge umwerfen und den vorgeschriebenen Ablauf eines Festes stören. Das Essen hat lange gedauert, und alle haben viel getrunken. Früher konnte ich schlafen nach einem Essen an so einem Festtag. Gegen Abend stand ich dann auf, zog ein anderes Kleid an, und das Fest ging weiter. Heute aber sind meine Knochen wie Glas, und ich kann nicht schlafen. Ich sollte eine Patience legen, um mir die Zeit zu vertreiben. Draußen ist es ruhig wie unter einer Glasglocke. Man hat die Kinder schlafen geschickt, und die Hunde dösen im Schatten unter dem vorspringenden Scheunendach. Die ganze Familie hat sich in die Schlafzimmer geflüchtet, um sich auszuruhen. Schon seit dem frühen Morgen sind im Haus die Jalousien herabgelassen, damit die Zimmer auch über Tag kühl und schattig bleiben. Ich habe die Jalousien nicht herabgelassen, es käme mir vor, als sperrte ich den Sommer aus. Ich wäre gern im Garten geblieben – der Nußbaum regt sich nicht in der Glut, nur manchmal höre ich ein Geräusch wie das Knacken der reifenden Nüsse in der zu eng gewordenen Schale. Wenn man den Garten heute sieht, kann man sich nicht vorstellen, daß er je wieder im Regen daliegen könnte – aber seit einiger Zeit vermeide ich es, mir vorzustellen, daß sich alles ununterbrochen verändert. Ständig habe ich das Gefühl, Abschied nehmen zu müssen – aber wenn ich

die kleinen Staubfäden sehe, die in der Luft tanzen, das Licht, das das ganze Zimmer durchflutet, ohne einen einzigen schattigen Winkel zu dulden, denke ich, daß es irgendwie weitergehen wird. Ich bin froh, daß ich mich durchgesetzt habe. Sonja wollte mich ins Schlafzimmer bringen, aber ich habe darauf bestanden, mich hier auf das Sofa zu legen, weil das Zimmer an den Garten grenzt. Aber ebenso, wie ich nicht schlafen kann, wird mir nicht richtig warm, trotz der Hitze.
»Leg dich ein wenig, ruh dich aus bis zum Abend«, hat Sonja gesagt, meine älteste Tochter. Sie weiß nichts. Ich glaube, ich habe Angst vor dem Schlaf, als würde ich nicht mehr aufwachen. Früher konnte ich schlafen. Ich warf mich in den Schlaf, wie ich mich im Sommer ins Gras warf, um den Geruch einzuatmen. »Deine irrsinnige Liebe zum Leben«, sagte Arthur dann, »sie bringt dich noch um.« Sie hat mich nicht umgebracht. Aber manchmal denke ich, daß sie umsonst war. Ich glaube nicht, daß es weitergeht, wenn wir tot sind, und das ist ein Trost. Aber was wird übrigbleiben von meiner Liebe zu einem Tag wie diesem, zu den Hortensienbüschen, die vor dem Fenster, düster und steif, lautlos in der Hitze wachsen, zu der meergrünen Brosche, die Arthur mir in Berlin gekauft hat, und zu dem Spitzenschal – wenn niemand mehr sich daran erinnert?
Da, auf meinen Füßen liegt der Spitzenschal. Längst vergilbt und an einigen Stellen hauchfein gestopft.

Er ist kein *Taufkleid für deinen Ersten* geworden. Ich bekam ihn kurz vor dem Ersten Weltkrieg. Im Pensionat hatte ich Sticken gelernt, ein wenig Französisch und die *Geschichte der Renaissancemalerei*. Also wußte ich nichts. Die endlosen Sommermonate – im Garten das gleichmäßige Klacken der Tennisbälle, und im Haus spielte jemand Klavier. Auch ich spielte Klavier, ein wenig mechanisch, wie nach dem Metronom. Ich spielte Grieg, weil es Mode war, aber als ich Arthur kennenlernte, strich ich ihn aus meinem Repertoire. »Zu viel Aufwand an Gefühl, dein Grieg«, sagte er.
Bevor ich ihn kannte, nahm die Mutter mich donnerstags mit ins Theater. »Das Gesicht ihrer Tochter hat wunderbare Farben, natürliche Farben«, sagte ein Besucher im Foyer zu der Mutter, »erlauben Sie, daß ich sie male?« Die Mutter hatte Bedenken, aber schließlich kam er ins Haus. Ein Mitglied der Akademie, wie sich herausstellte, bereits anerkannt in der Stadt als Portraitmaler – und immer war jemand Drittes zugegen. Aber wir trafen uns doch – in einem fernen Winkel des Gartens, versteckt in der Hecke gab es ein Törchen mit rostigen Angeln. In einem abseits gelegenen Café am Rand der Stadt. Dann waren die Eltern verreist, und ich ging mit ihm – für eine Nacht. Ich trug den Spitzenschal *für deinen Ersten* und ein Kleid mit vielen kleinen Knöpfen auf dem Rücken. Wir trafen uns an der Brücke am See. In der Dunkelheit schnatterten leise die Enten, und ab und zu klatschte etwas ins Wasser. Er teilte

mit einem Freund eine weitläufige Wohnung mit großen Fenstern zum Fluß. Das Licht der Straßenlaternen erhellte das Zimmer. Im Fenster saß mit gewölbtem Rücken die Katze und starrte reglos nach draußen. Er nahm mir den Schal ab und zog mir die Schuhe aus.
Der Spitzenschal bekam einen Riß in der Nacht, und ich habe behauptet, ich sei in der Hecke hängengeblieben. Am anderen Morgen wachte ich auf, und die Katze saß wieder am Fenster. Ich stand leise auf und zog mich an. Die Katze putzte die Pfoten und wandte nicht einmal den Kopf. Ich wanderte durch die Straßen, mit falsch zugeknöpften Knöpfen auf dem Rücken des Kleides. Es war noch früh am Morgen, die Straßen noch leer, und als ich über die Brücke ging, ließ ich den Spitzenschal im Wind flattern. Ein Sommermorgen – und ich sah ihn nicht wieder.
Ich fürchte mich vor dem Schlaf, als würde er mich verschlingen. Längst kann ich mich nicht mehr ins Gras werfen und den Geruch nach Klee und trockener, sonnenwarmer Erde einatmen. Ich kann mir nicht mehr den Mund voll Blaubeeren stopfen wie in früheren Sommern oder ins Wasser springen und den Fluß überqueren. Heute abend wird es wieder eine lange Tafel geben, ein kleinerer Kreis, die Familie ganz unter sich. Man wird Windlichter aufstellen und mir einen Wollschal bringen, wenn die Nacht hereinbricht. Wir werden von früheren Geburtstagen sprechen und von Reisen, die wir gemacht haben, als die Kinder noch

klein waren. Ich höre meinen Töchtern zu, wenn sie von Kindheitserinnerungen sprechen. Ihre Gesichter im Schein der Windlichter, erzählen sie Geschichten und Anekdoten, die mir so fremd sind, als hätte nicht auch ich an ihnen teilgenommen. Später, wenn sie allein sind, werden sie sagen: »Man kann es ihr nie recht machen«, denn aus unerfindlichen Gründen meinen sie, es sei ihre Pflicht, mich zufrieden zu stellen. Wie wenig wir voneinander wissen. Ich kann mir nichts Schöneres vorstellen, als noch einmal eine Nacht draußen zu verbringen, und für die leise Traurigkeit, die sich manchmal einstellt, kann ich nichts. Ich weiß, daß die Nachtluft, die vom Boden aufsteigt, zu feucht ist, und es wird lästig sein, ihre Besorgnis zu zerstreuen. Aber ich will dort sitzen bleiben und warten, bis die Vögel in den Büschen schlafen und in der Dunkelheit kein anderes Geräusch mehr zu hören ist als das gleichmäßige Rauschen des Flusses.

»Ich glaube, du wirst mich nie so lieben wie diesen Haselstrauch zum Beispiel«, sagte Arthur zum Spaß, wenn er mich frühmorgens allein im Garten fand, im Nachthemd und ungekämmt, in der noch feuchten Erde grabend. Manchmal denke ich, wir hätten glücklich sein können. Wenn man Tag für Tag in demselben Haus lebt, braucht man ein wenig Ungebundenheit und einen Freiraum, auf den der andere keinen Anspruch erhebt. Arthur ließ ihn mir, aber er hatte ein Bild von uns entworfen, an dem er festhielt, ohne zu

fragen, ob es der Wirklichkeit entsprach. Er im Schatten – seines Arbeitszimmers, ich im Licht – des Gartens, der Terrasse, des oberen Stockwerks. Ich sehe, wie er den Kopf hebt, die Brille abnimmt, sich die kurzsichtigen Augen reibt – das Zimmer war dunkel und staubig, da er nie erlaubte, daß man dort aufräumte, er korrigierte die Aufsätze seiner Schüler, auf dem Schreibtisch stapelten sich die Bücher und aufgeschlagen dazwischen meine alte *Geschichte der Renaissancemalerei* –, wenn ich das Zimmer betrat, um ihm einen Tee oder eine Weintraube zu bringen. Im Reiben seiner Augen, im zerstreuten Kritzeln auf einem Blatt Papier lagen für mich, wie in einem Schnappschuß, der reinste Ausdruck seines Wesens. Aber er wußte es nicht und schob mich ab auf die helle Seite des Lebens. »Was würdest du nur machen«, fragte er und hob verwundert den Kopf, »wenn du all das nicht mehr hättest?«
Und trat so vorsichtig hinzu – wenn ich mit den Kindern Lampions im Jasmin aufhängte, aus Kartoffeln Theaterfiguren schnitzte oder rauchend in einer Ecke saß, als ich angefangen hatte, für einen Freund, der beim Rundfunk war, Lieder zu arrangieren –, als beträte er eine Welt, zu der er nicht gehörte. »Andere Frauen klagen, daß sie ein Leben nur für den Mann führen, aber du hast ein eigenes, heimliches Leben.« Er stand am Fenster, hinter dem Vorhang – und ich wußte, er fühlte sich ausgesperrt – und beobachtete

mich, wenn ich die Straße überquerte, den Einkaufskorb am Arm, die Wiesen hinabrannte und in letzter Minute das Fährboot erreichte, um am anderen Ufer auf dem Wochenmarkt einzukaufen. Heimlich beobachtete er das Schauspiel meiner *irrsinnigen Liebe zum Leben* und bildete sich ein, mich zu brauchen, um daran teilzunehmen. Es gab Tage – wenn ich den Fluß überquert hatte und zum Markt ging –, an denen ich den Mut verlor. »Warum kommt er nicht einfach mit?« fragte ich mich, verlangsamte meine Schritte und ließ meinen Blick den Wasserturm hinaufwandern, der am Ende der Straße stand. An seiner Spitze glitzerte der Wetterhahn in der Sonne – von weit hörte man schon das Geschrei der Fischweiber an den Marktständen –, und ich hatte Lust, dort hinaufzusteigen und eine Aussicht bis weit über die Stadtgrenze zu haben und den Lauf des Flusses zu verfolgen, bis er sich aus den Augen verlöre. Ich bin niemals dort hinaufgestiegen. Stattdessen sprang ich die Stufen vor dem Haus hoch, zurückgekehrt, den Korb voll Blumen und Früchten, *Frau auf der hellen Seite*, Arthur nahm meine Hand und zog mich in die große leere Küche, die zum Garten ging und sagte, »laß sehen, was du gekauft hast«.

Ich liebte diese seltenen Zusammentreffen in der Küche, wenn das Haus wie ausgestorben schien, weil die Kinder in der Schule waren und das Mädchen in der Waschküche oder im oberen Stockwerk arbeitete. Die Küche war tief und dämmrig, mit schwarzweißen Kacheln und einem langen Tisch in der Mitte. Im Sommer standen die Fenster fast immer offen, davor wuchsen Stachelbeerbüsche, und auf der Fensterbank schwammen in einer weißen Emailschüssel die geschälten Kartoffeln für den Mittag. Ich nahm die Tüten und breitete die gekauften Erdbeeren oder Johannisbeeren auf einem Brett auf der Fensterbank aus. Arthur schlang die Arme um mich – ich, noch mit Ausbreiten beschäftigt – und flüsterte mir lange, unverständliche Sätze in den Nacken. Er zog mich auf, »man kann sich so gut an dir wärmen«, und ich sah kleine glitzernde Insekten in der warmen Luft tanzen. Die Küche war wie ein Gebiet, das aus unserem täglichen Leben ausgegrenzt war – als fielen hier sekundenlang die Rollen ab, die in den anderen Zimmern des Hauses auf uns warteten und eine unsichtbare Grenzlinie zwischen uns gezogen hatten. Dort gab es den Mann am Schreibtisch, es gab den Mann mit Zeitung, neben dem Radio, den Mann beim Frühstück auf der Terrasse, den Ehemann in einem Bett aus Kirschbaumholz – in einem Schlafzimmer mit eingelegten Spiegelschränken, das zu meiner Aussteuer gehörte. Es gab den Familienvater, den Gastgeber, es gab den Mann mit Hut, oder mit Brille, oder mit Zigarillo. In Augenblicken, wenn ich den Mut verlor, kam unser Leben mir vor wie eine Kette von lebenden Bildern, in denen jede Einzelheit der gestellten Szene wichtiger war als wir selbst – eine richtig gehaltene Teekanne, die richtige Anordnung der Gartenstühle oder ein richtig angedeutetes, flüchtiges Lächeln. Dann flüchtete ich mich in den äußersten Winkel des Gartens, weil ich mir vorkam wie eine jener Kirschen, die wir im Sommer einkochten – eingestockt in Gelee, festverschlossen im Einweckglas. Oder ich ging rauchend durchs ganze Haus, schlug die Türen und fluchte über eine Nebensächlichkeit – den kaputten Fensterladen, der nicht repariert worden war, die Eisblöcke für die Speisekammer, die nicht rechtzeitig geliefert worden waren, oder die Asche, die immer noch nicht aus dem Kamin entfernt worden war. Manchmal riß ich ihm die Zeitung weg – aber in seinen Augen las ich meine Niederlage. Ich ließ ihm die Zeitung und lief davon, und am Ende schlüpfte ich zurück in die Figur, die für mich bereitstand. Ich war wieder Mutter mit zwei Kindern, ich war wieder Frau mit Rosenschere oder Frau im Morgenrock auf der Terrasse.

Ich war auch die Frau im Abendkleid, an den Flügel gelehnt – wenn wir Gäste hatten, und es war bereits früher Morgen, wenn die letzten gingen. Wir saßen an einer langen Tafel, jeder am Kopfende – zwischen uns seine Kollegen, ihre Frauen, meine zahlreichen Cousins, meine Freundinnen. Später, unter dem Einfluß der Wärme und der leichten Spannung, die der Wein und der Geruch nach Kerzen, nach Zigarren, nach Kleiderstoffen und Speisen in mir erzeugte, würde ich seinen Blick suchen. Ich würde lebhaft werden und gesprächig, und er schriebe diese Lebhaftigkeit zufrieden dem Abend und meiner *Liebe zum Leben* zu. Aber ich würde nichts anderes wünschen, als daß wir allein wären – mit heftiger, unvernünftiger Nachdrücklichkeit –, und würde seinem Blick ausweichen, wie jemand, der die Hand ausstreckt, um einen anderen zu streicheln, und ihn verfehlt. Gegen Morgen, wenn mein Cousin Robert aufhörte, auf dem Flügel zu klimpern und sich anschickte zu gehen, nachdem er *einen letzten Schluck* genommen, sich den Mund abgewischt und die Serviette auf den Boden hatte fallen lassen, war auch Arthur betrunken. Wir begleiteten Robert den Gartenweg hinab bis zum Tor, und dann gingen wir allein die leere Straße hinab. Wir gingen spazieren, ein wenig schwankend im frühen Morgen, in der Mitte der Straße, Hand in Hand, als wanderten wir aus. Arthur summte – und Sonja und Marie warfen mir später vor, »du siehst all das verklärt durch die Brille der Zeit zwischen den Kriegen. Im übrigen war Papa von jesuitischem Ernst und summte nie. Und schließlich hast du ihn dann verlassen.«

Ich weiß, sie haben immer eine *Affaire* vermutet, die der Grund unserer Trennung gewesen sei. Wie hätte ich ihnen erklären sollen, daß ein Haus und Kinder – die ganze Szenerie eines *Hausstandes* – ein immer schwerer zu ertragender Ballast für eine Liebe sind, und daß es unmöglich ist, jahrelang Seite an Seite mit jemandem zu leben, der einen in ein Bild sperrt.

Sie sind mir fremd, meine Kinder. Sie wissen alles ganz genau, aber sie wissen nichts über das Glück dieser frühen Sommermorgen. Weil sie nicht wissen, daß das Glück manchmal nichts anderes ist, als für Sekunden etwas Verlorenes wiederaufzufinden. Er summte, und wir machten einen Bogen und kehrten zurück. An einer Mauer zog er mich an sich und sagte, »du hast so ein schläfriges Gesicht«, oder, »deine Frisur ist im Eimer«, und zog mir die Spangen aus dem Haar.

»Deine Frisur ist im Eimer«, war eine, nur an diesen seltenen Morgen gebrauchte Redensart – vorsichtig hervorgeholt aus den Frühzeiten unseres Anfangs, der, in die Ferne gerückt – ein Berg, von Nebel verhüllt –, für mich längst etwas Vages bekommen hatte. Nicht für Arthur. Er wußte es ganz genau. »Ich sah dich im Spiegel«, erinnerte er sich, wenn wir darüber stritten. »Ein maliziöses Lächeln in den Augen, als sie die meinen trafen«, im Spiegel, »die Arme hochgereckt, um eine Haarnadel festzustecken.« So sollte es gewesen sein? Im Theater, in den Gängen – Gott sei dank, nicht im Foyer! – in der Pause von Ibsens *Wildente*, bei der ich mich grenzenlos langweilte? Das konnte nicht sein, das durfte nicht sein, das rückte gefährlich in die Nähe des Portraitmalers. Aber Arthur wußte nichts vom Portraitmaler, und so blieb es bei dieser annähernd banalen Wiederholung, die für ihn der *wichtigste Augenblick* war. Im Theater also. »Dein Bruder stellte mich vor und sagte zu dir, als du ungeduldig die Haarnadel,

die nicht richtig saß, wieder herauszogst und sich dabei eine Haarsträhne löste, deine Frisur ist im Eimer.« Wenigstens über eins waren wir uns einig: es war Winter. Über etwas anderes auch: bei ihm war es auf *den ersten Blick*, bei mir reiner Überdruß. »Ich bekam die Erlaubnis, mit dir spazierenzugehen, als Freund deines Bruders, Studienfreund« – und meine Mutter hatte eine Schwäche für ihn. Wie alle Mütter vertraute sie mehr dem Schein, ängstlich klammerte sie sich an den Schein, fixiert auf den Schein: von Wohlerzogenheit, Handkuß und Blumen zum Antrittsbesuch sonntags um elf; aber in diesem Fall gab der Zufall ihr recht, er war seriös, zu seriös, für mich. »Wir gingen in der Wolfsschlucht spazieren, es war kalt, und der Wind pfiff, Nachmittag, und vor Einbruch der Dämmerung mußtest du wieder zu Hause zurück sein. Du hattest einen Muff, und so konnte ich nicht einmal deine Hand nehmen, deine Hände steckten tief in dem Pelz, du blicktest verbissen auf den Weg, und deine Stiefelspitzen wirbelten ungeduldig die letzten welken Blätter vom Herbst auf. Ich redete auf dich ein, redete wie im Delirium, im Kampf gegen die Dämmerung, denn bei Dunkelheit im Wald spazierenzugehen, war dir strengstens verboten – eine Woche später waren wir verlobt.«
Muff, Ungeduld – und Verworrenheit, Redeschwall. Auch in diesem Detail stimmten wir überein, in dem Muff. Ich erinnerte mich an meine eiskalten Finger,

denn ein Muff war mehr dekorativ als wärmend, gehörte zur Pelzkappe oder zum Kragen (nicht zu den Fingern). Aber es war nicht Nachmittag, kein Wind – oder doch? –, und es gab keine trockenen Blätter. Es war Nacht, nein Abend, und die Lichter schwammen im See – demselben See, an dem ich mich damals, im Sommer, mit dem Portraitisten getroffen hatte, aber Arthur wußte ja nichts davon, nicht, wie gefährlich nahe sich immer wieder ihrer beider Wege kreuzten – und warfen ihre flackernden, wellenverzerrten silbernen Reflexe in den Abend im Park. Im Park? Nicht im Theater – im Park. Über dem See – die Dunkelheit. Im See – Lichtreflexe. Im Park – Menschengedränge und Fackelzug. Das ist das Bild: die Dunkelheit, die in der frostklaren Luft tanzenden Lampions, die überfüllten Wege, die zum Stadttor eilende Menschenmenge, die hauchdünne, an den Rändern des Sees beginnende Eisschicht. Der See, schwarzes Tuch, umstanden von alten, noch nicht ganz entlaubten Baumgruppen.

*Das Bild der ersten Begegnung* – ist deutlich da, deutlicher noch als das Bild des Gartens hier vor dem Fenster. Der Geruch ist da – Geruch nach Frost, Wasser, Wind, welkenden Blättern, feuchten Pelzmänteln –, deutlicher als der Geruch der Rosen und des Phlox, der durchs Fenster hereinweht und in der Hitze des Mittags eine fast tropische Bitterkeit entfaltet. Dieser Sommergeruch ist schwächer als der längst vergangene Wintergeruch. Erinnerung, schwappt über, überlagert die

Gegenwart. Vergangenheit kehrt zurück, tritt ins sommerliche Zimmer – im Prunkgewand jenes Winters. Tritt ein mit dem Frosthauch des Winters – und unter der Decke meine Greisenhände. Von ferne höre ich die Stimmen der Kinder. Sie haben es nicht im Haus ausgehalten. Sie spielen im Garten Federball. Der Hund läuft hechelnd zwischen ihnen hin und her, schnappt, kläfft. Heult auf, weil ein Kinderfuß ihm achtlos auf den Schwanz trat. »Wir gehen zum Fluß und sehen die jungen Schwäne an«, höre ich die Kinder rufen. Die Stimmen entfernen sich. *Das Bild der ersten Begegnung* steht unverrückt da – aber nicht die *Situation*. An sein Gesicht nämlich kann ich mich nicht erinnern, kaum auch an unseren ersten Wortwechsel. Ich eilte mit den anderen, mit meinen Schwestern quer durch den Park, um rechtzeitig zu der Vorführung zu kommen, die unter freiem Himmel vor dem Rathaus stattfinden sollte. »Deine Frisur ist im Eimer«, sagte mein Bruder, als sich im Laufen eine Haarsträhne löste. Er war zum Fest aus der nahen Universitätsstadt gekommen, hatte jemanden mitgebracht, der uns flüchtig begrüßte, der gleich mitging, im Eilschritt, der den ganzen Abend bei uns blieb, als gehöre er längst zu uns, und beim Abschied, als ich ihm die Hand geben wollte, sagte, »bleiben Sie ruhig im Muff«. Oder hatte er gesagt: »Lassen Sie ruhig die Hände im Muff?« Ich jedenfalls, seit einiger Zeit krankhaft empfindlich, reizbar und ungeduldig, hatte etwas Ironisches aus seinem Tonfall herausgehört, etwa wie: »Bleiben Sie ruhig im Muff-Mief«, und wandte mich auf dem Absatz um.

»Ich habe nie begriffen, warum du nach einer Woche bereits eingewilligt hast«, sagte Arthur später, »ich schrieb es einer Laune oder Unberechenbarkeit zu, aber es war mir gleichgültig.« Launenhaft, unberechenbar – auch das gehörte zu dem Bild, das er sich von mir machte. Keine von beiden Eigenschaften paßte – aber auch ich hätte ihm den Grund für meine Zustimmung nicht erklären können. »Plötzlich konnte es dir nicht schnell genug gehen, es war wie eine Flucht. Daß es nicht um mich ging, wußte ich, jedenfalls glaubte ich, es zu wissen. Aber nachdem du eingewilligt hattest, trat das Gegenteil ein, du zögertest und zögertest, und mehrmals fürchtete ich, du würdest alles rückgängig machen.«

Was war geschehen? Einige Monate nach dem Abenteuer mit dem Portraitmaler – an den ich übrigens nie mehr einen Gedanken verschwendete, als ob das ganze Erlebnis sich in der Luft jenes Sommermorgens aufgelöst hätte – machte sich ein Gefühl der Leere, der Traurigkeit und Niedergeschlagenheit in mir breit, das sich durch nichts eindämmen ließ. Familie, Freunde, mein ganzes Leben war mir zu eng geworden, wie meine Kleider. »Sie ist immer so unduldsam neuerdings«, hörte ich meine Mutter sagen, »man kann mit ihr nicht mehr umgehen.« Ich haßte die Fünf-Uhr-Tees, die Spaziergänge, die Theaterabende; voll Unrast machte ich

tausend Pläne. Einen Koffer zu packen, und nach Berlin zu gehen, Musik zu studieren, um aus meiner Klimperei einen Beruf zu machen – aber am Ende blieb alles beim Alten. Wenn ich am Morgen aufwachte und in einen grauen oder blauen, einen strahlenden oder regnerischen Himmel blickte, in dem sich langsam ein Tag formte, dachte ich: »Ich habe keine Zukunft.«
Und nun hatte irgend jemand mich ungeschickt umarmt und etwas von *seit dem ersten Augenblick* gesagt, als müsse er sich selbst davon überzeugen, und hatte Pläne für eine gemeinsame Zukunft gemacht. Zukunft hieß also: gemeinsam. Der Kuß war feucht – wie die angerauchte Zigarette meiner ältesten Schwester, an der ich manchmal zog, wenn niemand zugegen war. Der Kuß war wenigstens wirklich. Die Zeit danach war dagegen so unwirklich, als sei ich in ein falsches Bühnenstück geraten. Wir gingen in den Zirkus, ins Theater, ins Café – es war wie in den Photoateliers jener Zeit, in denen man vor falschen Kulissen posierte. Der Mann neben mir hatte einen schönen dunklen Bart, eine sanfte Stimme und eine leichte Hand – aber wenn er fort war, fehlte er mir nie. »Du hast nicht einmal bemerkt, daß ich fort war«, sagte Arthur bei seiner Rückkehr, nachdem er eine Woche in Brüssel verbracht hatte. Er hatte recht – und ich aß gedankenlos die Pralinen, die er mir mitgebracht hatte und aus denen ich mir nichts machte, weil ich es töricht fand, Frauen Pralinen und Lavendelwasser mitzubringen.

Stattdessen brachte ich ihm ein Buch, das ich beim Antiquar gekauft hatte – in seine Wohnung. Auf den Straßen war es schon dunkel, Spätnachmittag, und ich stieg die engen Treppen in seinem Mietshaus hoch. Unter dem Kleid trug ich einen neuen Batistrock mit vielen Spitzen, und im übrigen vertraute ich auf die Regie, die der Portraitmaler angewandt hatte. Aber dann saß ich zum ersten Mal auf seinem alten Ledersofa, versetzt in die unbekannte, chaotische Atmosphäre seines Arbeitszimmers. Überall aufgeschlagene Bücher, Zettel, nicht weggeräumte Tassen und halbgerauchte Pfeifen. Das Zimmer – schräge, rotgestrichene Wände, ein altmodisches Durcheinander von Möbeln und Teppichen und sparsamem Licht. Er bot mir einen Sherry an, ich trank und sah durch das kleine Fenster das Dach von nebenan in der Dämmerung. Er dozierte über das Buch, an dem er schrieb, und erst später, als ich im Türrahmen, schon halb wieder im Hausflur stand – halb enttäuscht über mein fehlgeschlagenes Vorhaben, halb verwundert über die neue Vertrautheit –, umarmte er mich. Er blickte mir noch eine Weile nach, wie ich die Treppen hinabstieg, und schloß, meine Schritte klapperten laut auf den Holzstufen, leise die Tür. Später. Später? Nein, jetzt! – und wenn er künftig kam, ging ich rechtzeitig zuvor aus dem Haus.
An den Nachmittagen: zum Schlittschuhlaufen. Der See war inzwischen zugefroren, seit einigen Tagen erhob sich gegen vier Uhr ein feiner Nebel, und nie-

mand wagte sich dann noch weit hinaus. Die Leute drehten im vorderen Teil ihre Runden – die Eisfläche war nachmittags voll Betrieb –, in engem Durcheinander, in Reihen, untergehakt. Wenn die Dämmerung einbrach, verließen sie das Eis, es gab heißen Tee in der Holzhütte am Ufer. Ich aber glitt unter der Brücke, über die Grenze hindurch, in den offenen, hinteren Teil. Windstille, Nebel, nur manchmal ein Rascheln im steifgefrorenen Schilf. Gleichmäßiges Schlieren und Knirschen der Schienen auf dem Eis, Aufflattern eines Vogels – und Schnee, der vom Zweig einer Weide am Ufer fiel. Dann wieder ins Offene – und Eintauchen in den Nebel. Vom Ufer her Kinderstimmen, die sich verloren. Von ferne näherte sich eine Figur. Näher kam das Geräusch, gleichmäßiges Gleiten der Eisen über den See, ich drehte mich, wollte im Bogen zurück. Da stürzte – ja: stürzte – er sich mir ins Gesicht – und: »Wo bist du gewesen?« Und ich, mit langsam aufsteigender Wärme, verlor das Gleichgewicht. Landete auf dem Eis, mit verrutschtem Rock – und: »Warum lachst du?« Weil der Batistunterrock nun deutlich zu sehen war. Dann: »Sieh mal, hier ist ein kreisrundes Loch«, gab mir die Hand und zog mich hoch. Und richtig – eine kleine runde Öffnung im Eis, und das Wasser war seltsam schwarz, ohne Klarheit und Durchsicht. Wir beugten uns über das Loch – als wollten wir zu sehen bekommen, was sich unseren Blicken entzog, das Rätsel unserer Zukunft. Das Wasser aber stand tief und unbeweglich in dem Eisrund, und, darübergebeugt, erschauerten wir plötzlich wie über einem kleinen, schwindelerregenden Abgrund.

# Undine Gruenter

*Der letzte Roman von Undine Gruenter – bezaubernd und betörend.*

Undine Gruenter
*Der verschlossene Garten*

»Der verschlossene Garten« ist das Symbol für die träumerische Liebe zwischen einem Mann von sechzig Jahren und einer jungen Frau: Solange ihre Liebe dauert, ist dieser Garten Paradies und Symbol ihrer Zuneigung. Doch als ein junger Mann in ihr Leben tritt, zerstört er die Einsamkeit des Gartens und somit die Liebe der beiden. Ein Roman über Liebe, Trennung, Verlassensein und das Glück, das in der Erinnerung fortbesteht.

»Undine Gruenters ergreifendstes Buch: ein unwahrscheinliches Abschiedsgeschenk.« *Frankfurter Rundschau*

Berliner Taschenbuch Verlag
Weitere Informationen: www.berlinverlage.de